le ciel rit

哲宇

2025年10月

天空俯下身来

树才 著

树才四十年诗选

*Le Ciel
se penche
sur nous*

江苏凤凰文艺出版社
JIANGSU PHOENIX LITERATURE AND ART PUBLISHING

图书在版编目（CIP）数据

天空俯下身来：树才四十年诗选／树才著. —南京：江苏凤凰文艺出版社，2024.10（2025.8重印）
ISBN 978-7-5594-7511-4

Ⅰ.①天… Ⅱ.①树… Ⅲ.①诗集－中国－当代 Ⅳ.①I227

中国国家版本馆CIP数据核字（2023）第021918号

天空俯下身来：树才四十年诗选

树才 著

出 版 人	张在健
策划编辑	于奎潮
责任编辑	孙楚楚
装帧设计	周伟伟
责任印制	杨 丹
出版发行	江苏凤凰文艺出版社
	南京市中央路165号，邮编：210009
出版社网址	http://www.jswenyi.com
印　　刷	苏州市越洋印刷有限公司
开　　本	880毫米×1230毫米　1/32
印　　张	12.5
字　　数	225千字
版　　次	2024年10月第1版
印　　次	2025年8月第2次印刷
标准书号	ISBN 978-7-5594-7511-4
定　　价	66.00元

江苏凤凰文艺版图书凡印制、装订错误，可向出版社调换，联系电话 025-83280257

目 录

辑一： 单独者 （1983—1989）

003 …… 给孩子们
004 …… 跳绳的小女孩
006 …… 梦呓
008 …… 冬天
010 …… 真实
011 …… 祈祷
013 …… 荒诞
015 …… 春天
017 …… 孤独
021 …… 用你的手
029 …… 每天
031 …… 夏日黄昏
032 …… 情歌
034 …… 两只鸟
036 …… 古寺

038 …… 树下

039 …… 深渊

041 …… 花园

043 …… 痛苦之外

044 …… 只要

046 …… 致爱人

049 …… 虚脱

051 …… 三月

052 …… 鱼

辑二： 母亲 （1990—1999）

055 …… 母亲

057 …… 1990 年 9 月 15 日

059 …… 致大海

064 …… 极端的秋天

066 …… 大自然

067 …… 听风

069 …… 雕刻匠

071 …… 世界在着火

073 …… 莲花

075 …… 单独者

077 …… 我的眼睛

078 …… 忘掉昨天吧

080 …… 马甸桥

082 …… 窥

091 …… 汉字

092 …… 醉酒之夜

103 …… 冷，但是很干净

105 …… 高烧

107 …… 大风天

109 …… 某个人

111 …… 多么薄，多么寒冷

113 …… 看

117 …… 风

119 …… 刀削面

122 …… 天

124 …… 像鸟一样

127 …… 去九寨沟的路上

辑三：安宁 （2000—2009）

133 …… 安宁

135 …… 风把阳光

137 …… 门

138 …… 颤抖

140 ······ 有点怪

142 ······ 天暗了下来

144 ······ 7月24日夜

146 ······ 你是哪一个?

148 ······ 墓地杂记

152 ······ 兰波墓前

158 ······ 小火车

160 ······ 湿

162 ······ 米拉波桥——致敬阿波利奈尔

164 ······ 虚无也结束不了

166 ······ 秋日杂记

174 ······ 迷魂药

176 ······ 苦孩子

178 ······ 广告美女

180 ······ 旅行

184 ······ 地铁口

186 ······ 活着

190 ······ 有一只蟑螂正在死去

192 ······ 去来

195 ······ 竹晶之疼

198 ······ 率水

201 ······ 掀开

203 ······ 心里有烟

205 ······ 路灯

207 ······ 风声

208 ······ 春天没有方向

211 ······ 远方市场——为纪念埃拉·玛雅而作

辑四： 这枯瘦肉身 （2010—2020）

219 ······ 哭不够啊，命运

220 ······ 这枯瘦肉身

223 ······ 醉爱

226 ······ 月光

227 ······ 自在

228 ······ 念佛

229 ······ 今天早晨

230 ······ 回头

231 ······ 鸟儿还会飞回来

232 ······ 我们寻找爱情

233 ······ 最后的话

234 ······ 钟表停下来的时候

235 ······ 天空高不可攀

236 ······ 在阿尔

238 ······ 细雨

240 ······ 无题

242 …… 雨琴
243 …… 此刻
244 …… 只有风知道风往哪个方向吹
246 …… 我和我
249 …… 我喜欢"无"这个字
251 …… 树枝
253 …… 世界
255 …… 我
256 …… 然后呢
258 …… 爱上飞这只鸟儿
259 …… 风永远不会变老
261 …… 我的灵魂呢?
263 …… 为"不"字写一首诗
265 …… 镜子——致敬拉康
272 …… 偶数
274 …… 空

辑五: 雅歌 (2013—2015)

283 …… 雅歌1
285 …… 雅歌2
287 …… 雅歌3
289 …… 雅歌4

291 ······ 雅歌 5

292 ······ 雅歌 6

294 ······ 雅歌 7

296 ······ 雅歌 8

298 ······ 雅歌 9

300 ······ 雅歌 10

302 ······ 雅歌 11

304 ······ 雅歌 12

306 ······ 雅歌 13

308 ······ 雅歌 14

310 ······ 雅歌 15

312 ······ 雅歌 16

314 ······ 雅歌 17

316 ······ 雅歌 18

319 ······ 雅歌 19

辑六： 十二行诗 （2020—2023）

323 ······ 团山

324 ······ 苍山

325 ······ 一哭——送陶春

326 ······ 暂寄

328 ······ 敲敲

329 ····· 五塔寺
330 ····· 禅定寺
331 ····· 突然
332 ····· 春天——赠安娜伊思
333 ····· 记得
334 ····· 鸟鸣
335 ····· 下坠
336 ····· 没事
337 ····· 幸福
338 ····· 解决
339 ····· 荔枝
340 ····· 麻雀
341 ····· 叹息
342 ····· 梦湖
343 ····· 影子
344 ····· 路过
345 ····· 一朵
346 ····· 还在
347 ····· 你听
348 ····· 风马
349 ····· 拈花寺
350 ····· 欲哭
351 ····· 大酒

352 …… 本来寺

353 …… 奉化江

354 …… 坠落

355 …… 悬空寺

356 …… 恋爱脑

357 …… 皮带

358 …… 断肠

359 …… 蛙声

360 …… 企图——赠老车

361 …… 注意

362 …… 时间塔

363 …… 循环

364 …… 深渊

365 …… 躺着

366 …… 超然山

367 …… 广济桥

368 …… 一棵树

369 …… 皱纹

370 …… 鲜花寺

371 …… 飞机

372 …… 空无

373 …… 之前

374 …… 龟龄寺

375 …… 过期

376 …… 悲

377 …… 潮水

378 …… 盖子

379 …… 玫瑰

380 …… 椅子

381 …… 木香

382 …… 法眼寺

383 …… 脚步

384 …… 大树

385 …… 金鱼

386 …… 捧着——赠冰川兄

387 …… 听雨——赠周墙兄

388 …… 苦心丸——赠先发兄

辑一:单独者(1983—1989)

给孩子们

阳光下

孩子们的笑声

像是红色的苹果

从树枝上掉下来

我总是喜欢远远地

看着孩子们玩儿

看着他们坐在

手掌一样的春天里

那么认真地

把一束束阳光

捆好又解散

1983

跳绳的小女孩

一个红脸蛋的小女孩
在新修的花园里
边跑,边笑,边跳着绳

像一只粉红的小蝴蝶
在绿叶红花丛中
幸福地,自由地飞翔

小脸蛋比花儿更鲜艳
尖嗓子比鸟儿更清脆
人们把目光投向她

她一点也不觉得
她一点也不理会

她只是笑着,跑着,跳着绳

她只是快乐地飞翔

1984

梦 呓

空旷的街巷在秋天开始收获落叶
飘零的微语低低吟出忧伤的季节
每个人心中都充满想说而没说的情话
生命注定要奏几曲悲凉用你的愁肠

梦很美丽想实现却只能活在梦里
我活着跟自己作战互有胜负哀喜
总有一天我会死去像时间枪毙一切
也许只有未酬的理想能为我举行葬仪

企望春常绿而迎面扑来寒风凛冽
严冬想永霸天下小草却又爬满沟沿
是风把一切催生又把一切毁灭
一届届冬褪去一届届春萌动生机

我相信冰凌花永恒故将心灵托付高原
桦树顶构筑个陋巢我天天衔拾枯枝
心因为太孤傲太狂放太高尚无处取暖
大城市车流涌过我静静谛听声声马蹄

哦梦不真泰山压顶是闪闪亮的银币
雄鹰无所求展翅高飞庸人举枪射击
心里想哭却不得不装出满脸笑眯眯
心里想喜却又像被人评反喉头哽咽

神志清醒身体康健心灵却虚伪俗气
狂人为道出真理不得已将生命提前交予上帝
我悟得嘴唇终将因滥吻滥吃滥吹而不值一钱
无从诉说默默写下几行梦呓般的诗句

1985

冬 天

雪。
大地白得
晃眼。
清一色的雪
冻在街上
不化。

我走。
我闭上眼
盲目地走。
寒风穿过鸟巢
也穿过我。

拐弯。

我捏起一个雪团
加入两个六岁孩子的
雪仗。
我不跟大人们玩儿。

1985

真 实

同一双脚

一个我

走在街上

另一个我

走在墙上

床，一种企图

死亡，真实归来的代价

1986.12

祈 祷

母亲,从那发黄的照片里走出来吧
用你的呼吸裹紧我,用你全身的爱
裹紧我,让我在幸福中变成一棵青草
我将坐在你慈爱的目光里,轻轻摇晃

母亲,从那发黄的照片里走出来吧
你可以住在我小小的心里
我将用我所有的泪水固定你
使你不再溶化,像在梦里

母亲呵,当我熟睡的时候
总有突如其来的光
在我眼皮上一闪而过

那是你颤抖不止的嘴唇

在无限温柔地吻你的儿子么

1986

荒　诞

我忘记是不是
已经吃过午饭
太阳像一个疯姑娘
快把全世界给迷醉了

眼前晃过去许多张脸
我像路边的一棵杨树
对来来往往的车辆
已失去敏感

躺在花园的长椅里
我盖着阳光午睡
怎么也想不明白
童贞水一样流失了

为什么还担忧嫩芽的纯洁

上午在银幕上
欣赏到一场悲剧
下楼梯时,别人和我
说说笑笑,格外高兴
我说在没有虚饰的世界里

冷酷算是最大的真实
他们便扭过头来让我看
瞪得圆圆的眼珠子
说我的话像是诗人说的

1986

春 天

暮色四合
我以孤独者的身份
独占黄昏

世界又一次悲壮地牺牲
瞧大街上送葬者的脚步
交叉如林

别无什么
无边无际的空旷
我一天的沉默正如水塔

高耸的烟囱
像夹在城市两指间的雪茄

余烟袅袅

西山脚下我睡去的心
这四月的春天里
我不能想象没有你
我将怎样在人群里淹没

1986

孤 独

浩浩黄河,浑浊的街道

我只看到无数大小不一的脚

划动在挣不脱的水中

当我从幽暗的夜里掷出一枚枚匕首

把行人的脸一张张钉在

耶稣受难的十字架上

我看见衣服,皮肤,连同乌黑的头发

纷纷脱落,无数大小不一的心脏

悬于骨架的空间

如一只只死于寂静的钟摆

音乐,从我皮肤的毛孔

爬进黑暗的肉体,使我的心

在一阵阵温柔中颤抖,使我的灵魂

缓缓沉入透明的海底

你母亲的死命定你父亲的孤独

失去，意味着永不回来无法弥补

忍耐着

在岁月的牙缝间穿行

时不时被咬

父亲年老的脸上已布满皱纹和伤痕

而季节是怎样冲刷我们

并把一件件颜色不同的衣服

套在我们的身上

有一天在镜子里我们突然惊诧脑袋

无缘无故地站在脖颈上

当夜一寸一寸

向大海移动

花园角落，只有

一朵玉兰花

早晨发烫的光环证实你

刚从梦的山谷回来

正午时太阳的瞳孔爆裂

仿佛酒徒的呕吐

发泄着对无尽循环的愤怒

老人们躲在三四点钟的角落里晒太阳

像远古的山顶洞人在夜间烤火

夕阳与内心的寂寞

只隔一层皮

而寂寞走不出去

只能依靠自焚的火炉取暖

圆明园冻结的坚冰使我想象

各人孤独的光滑程度

我毕生的路将如同冰上航行的光

带着穿透的力量溺死于深沉的暮色

我曾久久地躺在福海的冰上

祈祷水突然跳出来拥抱我

而林边的雾升起，空中

只有一种声音

我在黄昏的宁静中暂时解脱

像所有其他灵魂

忘却间我听见夕阳的铜锣

被哐哐敲响,一双
悬空的手

夜里总是充满声音
谈论着土地的孤独

1986

用你的手

让我来告诉你吧

我什么也不能告诉你

1. 白天。夜

钟敲了九下。断断续续

雪还在下

"你不要担心,会好的"

白天是主人

夜是狗

狗随主人,或者

主人随狗

只有在寂静深处

我们才挥散闹哄哄的面孔

揪住自己,摸自己的

脸,或下巴上的胡须

只有在寂静深处

我们才屏住气,听到头发

在头皮上生长的声音

暮色已深入到肩胛里

夕阳使西天倾斜,并驱散

街路上的群众

夜,像一只巨大的蚌

在脚步抵达前的一阵慌乱中

匆匆闭合

爱情在夜里合拢

美好的,两只手掌

所以天空是女人

太阳是伤口

白天一如既往

揭开一切事实真相的铁盖子

密语无处不在

风和嘴的密语

老人和街角的密语

我们生活在同一个大锅盖下
区别只是被蒸熟的时间不同
所以，勇敢点
"会好的"
蛇游过的地方
道路荒芜而茂密

另一些夜晚
两个人占据空间
言语在嘴和嘴之间飞来飞去
最后落在烟头上飘散
为了和影子站成一体
我选择了暗夜
而在那群耸动着的脑袋之间
在那像一块田里的萝卜一样
不停地变换着位置的脚之间
你不是你
你是他们之中的
你是反复变换的一颗萝卜
我们只是不分季节地被种植
苍白的城里人的手

触摸一切美味的手

拔不起一株青草

我们被大自然赶到了

一群怪模怪样的乱石堆里

我们是一群

是被门释放出的一群

是从老农肤色的铜号里

被吹奏出的一群

我们的队伍悠长而悲怆

纽扣把手臂挂在一起

我们看喜剧,也看悲剧

回家路上自己扮演小丑

当夜不怀好意地弓起脊背

我们洗了脚,然后上床

把自己交给

突然来临的明天

2. 鸟。你

鸟只是继续赶路

风景是无辜的

不要去打扰。战争

讲不完，它们像星星

陨落了，又会升起

鸟的叫声提醒你

石头的眼睛张望你

你一言不发

站在阳台的甲板上

记忆是位老朋友

被你疏远了

现在你看到

他又遥遥赶来

庆贺你再次被苦难击倒

幸好句子是桥梁

把两次黄昏

摆在河床的两岸

让你的手滔滔不绝

走了一段沉默的路

你又开始讲话

你的话像一股股水流

突入一个个龟裂的心里

因为你的痛苦

人们离不开你

苹果味儿和烂橘子味儿

熏黄了第一个冬天

你比以前更清楚脸

是由哪些表情组装而成

你骑在木马上

在白天和黑夜之间旋转

你找不到空隙停下来，跳下来

你无路可逃，无处可流浪

你只能扒开一只只橘子

吃掉一个个日子

3. 我。他们

而我，是唯一的季节

秋天和春天

都在默默地枯萎

我用手指打响一个个暗示

逃离混沌，陷入更浓稠的混沌

在温暖的想望里

我巧妙地完成

对自己的又一次欺骗

蝙蝠划过弧线

那是我的归路

我是死在破布上的乞丐

被众人抛弃

我是一扇虚掩的门

你可以自由出入

秋收后的田野

在暮色中快速地移动

稻草堆里躲藏了许多阳光

痛恨一切的时候

我赏给自己一记响亮的耳光

水鸟跳跃着

双足在水面轻轻一触

惊讶地实现水的愿望

我想一幕幕排列这世界

并把它撇在一边

我是唯一破译水中道路密码的人

海底的月色洗净我的污垢

最后,我也是你

也是他和他们

注定被放在水上焚烧

用你的手

用你最无力的手

推开

这患病的世界

1987.12

每 天

每天有一些人

认识的或陌生的

有一些车

从身边经过

偶尔,人躺在车轮底下了

我们就围成圈儿

看鲜活的血

冒热气

像看一只失手打碎的鸡蛋

每天走来走去

无非工作,亲友

每天听听新闻

免不了发牢骚

过后像废纸一样扔掉

我们是走在地上的葡萄
被太阳一天天晒干
每天都艰难而无聊

1987

夏日黄昏

夏日黄昏
云走得很缓慢

烟静静地踱来踱去
记忆也漫向遥远

鸟一边飞一边往下坠
姑娘一边走一边开花

我的情人像一朵云
正缓慢地向我走来

我看着我的情人
一边走一边开花

1987

情 歌

口袋里只剩下几枚硬币了

我坐下来想想你

我就又很富有了

和你在一起的日子是一杯酒

我一口口喝下去

留下醇厚的味道

黄昏时刻

我饱餐黄昏的景色

树叶的小手哗啦啦一起拍响

我是个穷光蛋

但我坐下来想想你

我就又很富有了

1987

两只鸟

两只鸟

并肩站在

电影院门口

高高的石栏上

它们小小的影子

在夕阳里

倒下去

很长很长

傍晚像一小撮敌人

正小心翼翼地

占据各个山头

夜于是布下密密的罗网

被风掳走的声音

很遥远很遥远

最后一个影子

一晃，剩下

戳不破的寂静

电影院门口

高高的石栏上

并肩站着

一对情人

再没有人能看清

1987

古 寺

钟声飘过来

从发黑的松枝滑落

又越过一级级石阶

扑进音乐流淌的山涧

古寺像打了个哈欠

又沉沉入睡

如来佛只是端坐不动

虔敬的人类便敢伸手

摸他的圆肚皮

寂静中的古松不动声色

刺痛装死的毛毛虫

我们从各自的洞穴出发

排成蚂蚁的队伍

只是去看看历史的躯壳

除了感叹生命短促

还对如来佛的胖耳朵

表示羡慕

1987

树　下

夜是一团温暖的火
在我身边燃烧
却不会把我灼伤

午夜后的清凉
使我倏然醒来
我已全身湿透
我已坐成连着树干的
一片阴影

草尖上的小星星
照亮我久久的沉默

1987

深 渊

在夜的深处

我把时间紧紧地

攥在手心

捉摸这混沌的世界

往事一件件飘起

散落在我的眼前

我把目光投向遥远

看到拥挤的文字间

历史艰难地挣扎

而风千百年来

在树叶上鱼群般游动

宣告不同的季节

以无形之体超越死亡

天之外是另一个星球

另一群鸟在飞

方向是一种错觉

使所有的路成为诱惑

折磨耐劳的民族

1987

花　园

绿色的花园沉甸甸的

像挂满了果实

我坐在树荫的伞下

眼光在一朵朵野花间摇曳

风从酥软的草坪上

吹开一层层波浪

阳光静静地蹲在额头上

思绪如鸟儿一跳一跳

白云又动了一下

孩子从母亲怀里

跑进草丛

厚实的天空

如同透明的海水

1987

痛苦之外

每天的悲哀净化我
我在如坐水上的孤独里
写下青杨树般的句子
写下情人的一次次微笑

沉默是另一只手温暖我
我用一个干脆的手势闭合夜
心灵之窗洞开
风和星光将我迷醉

时间的蚁群
已爬过我的脚背远去

1987

只 要

只要一想起童年

月亮便掉进水里

变作一张圆圆的饼

我的童年停泊在

秋天的一片落叶上

自由而孤独

风是一条条道路

通往各不相同的街口

而我别无选择

只要一想起母亲

星星便聚拢来

坠到我的脸颊上

小河的那一边

母亲的手频频摆动

我幼小的眼神里

从此流露悲哀

我总是喜欢坐在暗夜里

如同儿时坐在母亲的膝上

1987

致爱人

爱人,告诉你吧
我最爱读的书
是天空。今夜
我已记不清是哪一页
"那星星是什么呢?"
爱人,告诉你吧
它们可不是逗点
而是语言闪光的地方

爱人,告诉你吧
我最爱听的音乐
是风声。这音乐用不着钢琴
甚至用不着喉咙
这音乐是大地的呼吸本身

为了更好地倾听

我曾跟着小鸟

跑遍了田野上的童年

爱人,想想那些沉默的时刻

我们像泪水一样难过

行人走过身边

河水流向大海

爱人啊,即使是这样

即使是这样,我们也会

突然拥抱,像两棵树撞到一起

爱人,再想想我们的故乡

我们的爹妈又种下了庄稼

我们的弟妹围绕着灶台

边上学,边劳动,把日子

当希望,向泥土要富裕

要平安。他们质朴的心

还不知道苦难……爱人啊

我们来到了叫城市的地方

就像走进灯红酒绿的坟墓

爱人，告诉你吧

我从心底唱出的

都是忧伤的歌，清纯的歌

而那些欢乐的歌和仇恨的歌

都不是人类渴望的歌

1989.11

虚　脱

死亡笼罩了我一下子
阴影还没有消退
第二天，我穿过了一座公园
还没有穿过宽大的恐惧

死亡。我平静地念出这个词
瞧我的心还在孩子间增长
瞧大楼还从土里长出骨肉
死亡，你留下的空洞将被充实

坚硬的石头理解我此刻的冷漠
公园里，散落着老人和恋爱
这里的青春凶猛而温柔
我的目光像暮色掠过树梢

死亡,还会有人坐在这里
写作,表达对你的渴望
目的地已近在眼前
这张椅子却把我挽留

灵魂的穿越,放弃
已近在眼前
死亡却把我挽留

1989.12.4

三 月

在这初生的绿前
你会注视一只蚂蚱,因为它绿
你会阅读这些树干,因为它们插入
你还会购置这些房屋,因为它们作为篱笆

或者动,或者就腐烂。你已看出
你和阳光不同,它随季节改变性格
你已看出绿色和树冠一起啜饮阳光
正恰当地哺乳一个三月

你多忙。你从屋子里进进出出
在阳光里,在这初生的绿前
在两截生长着的树干间,你进进出出
或者动,或者就腐烂

1989

鱼

看那些聪明的鱼
我想它肚子里一定有人
那个人就缩在鱼尾里
指挥鱼头的智慧

看那些聪明的鱼
我不敢想吃了它能长肉
而它被剁进碗里
有时是整条端上

看那些聪明的鱼
我常一个人,坐在水边羡慕
它们不费力气
却在水的土里潜入很深

1989

辑二：母亲（1990—1999）

母 亲

今晚,一双眼睛在天上,
善良,质朴,噙满忧伤!
今晚,这双眼睛对我说:"孩子,
哭泣吧,要为哭泣而坚强!"

我久久地凝望这双眼睛,
它们像天空一样。
它们不像露水,或者葡萄,
不,它们像天空一样!

止不住的泪水使我闪闪发光。
这五月的夜晚使我闪闪发光。
一切都那么遥远,
但遥远的,让我终生难忘。

这双眼睛无论在哪里,
无论在哪里,都像天空一样。
因为每一天,只要我站在天空下,
我就能感到来自母亲的光芒。

1990.5.31

1990 年 9 月 15 日

我有天上的庭院,

为何要在地上安家?

九月在苹果树上,成熟,腐烂……

季节是瀑布。九月!

九月暗示了一切——

但必须经历的,仍在途中。

因为必将发生的,在我之前

都已发生。

生,命令我悲怆地低下头。

看吧,我们毕竟是泥土做成的人!

星辰如不发光,天空能否宁静?

我只能用悲剧的心情
来祝福天空。

天空啊,天空。你足够
让我飞升。
我舍得下这肉身!

灵魂如不发光,肉身能否宁静?

1990.9.15

致大海

1

生活是真正的大海
我们只是其上的船只

大海，茫茫
你该有坚实的船体
但大风能否为你指点航程
你现在虚弱地漂向远方
在悲哀中反而握紧方向

恐惧，就像一个人长大
你必然在恐惧之中
意识到自己的命运

其实它不一定存在

命运：深深地爱

2

大海的美，大海的狂暴
主宰大海中的一切

必须让自己成为自己：航标灯
让思想是一座座灯塔
让自身中发出的光
照亮你眼前的路

远行也是必然
恐惧有待平息

你并没有驶进海天深处
你漂浮其上，未曾遇到什么
美丽的鱼游过来，游过去
随即消失

3

不管对大海抱有什么感情
我们从没有离开过它

难道有谁能将我同生活分开
瞧这无比的海面上
浪花虚无地盛开
只有浪花,虚无地
宗教般地,盛开
一艘艘船驶向海底

只剩下,存在
本身,无牵无挂
你或者清澈
或者盲目
但你必然
因清澈更盲目

4

暗礁尚未出现

生活一片平坦

生下来,就是要远行
证明双脚在走动
证明所梦想的一切
确实已经存在
或者,你一直坐下去
直到把海面坐穿

恰如其分。这就是
生和死的关系
所以没有谁能把握好
一呼,一吸
没有比这
更智慧的语言

5

生活是真正的大海
我们只不过被大海所造就

鱼在空中,人在海底

坐行千里,大圆在脚下
你究竟为何反复追究自身
一次黄昏,一块石头
一艘沉船……深深地
悲哀

我说,只有深深地爱
生下来,就是要爱
并且深深地悲哀
然后你思考
你和事物之间的关系

1991.2　达喀尔

极端的秋天

秋天宁静得
像一位厌倦了思想的
思想者。他仍然
宁静而痛切地
沉思着。

秋天干净得
像一只站在草原尽头的
小羊羔。她无助
而纯洁,令天空
俯下身来。

树叶从枝丫上簌簌飘落。
安魂曲来自一把断裂的

吉他。思想对于生命,
是另一种怜悯。

所幸,季节到了秋天,
也像一具肉身,
开始经历到一点点灵魂。

秋天总让人想起什么,想说什么。
树木颤抖着,以为能挽留什么,
其实只是一天比一天
光秃秃。

秋天是一面镜子。我把着它
陷入自省,并喃喃地
为看不见的灵魂祈祷。

1992.4

大自然

扁豆熟了,
没有人摘。
和风醉了,
无人去扶,
大自然的一切,
来去自如。

一朵玫瑰,
不用感谢
阳光
或雨。

1993

听　风

不去听湛蓝的海
你，在天空下听风

大风横贯整个天空
风声如同下山的老虎

墙壁已遮不住任何裂缝
树木醉心于自身的疯狂

在风中走动，顿时觉得
身子是一只空酒瓶

只有大海是满的
正满得溢出来

我来到天空下，是因为

受到天空本身的感召

1994.2.24

雕刻匠

贫苦的雕刻匠只有一小片树荫。
一小片树荫,是他谋生的作坊。

每天,从几百米外的海滩上,
他搬来大小不一的礁石。

圆的、扁平的、有棱角的……
这些礁石呼唤他头颅里的想象。

在他的敲打下,一块礁石
渐渐伸出胳膊,半蹲着,

痛苦地抠紧自己。一块礁石
活生生地,感到了生存的不平,

身心的撕裂,艺术的徒劳……
我站在他身后,目睹了这些细节。

1994　达喀尔

世界在着火

1

世界在着火。
火焰包围了这座城市。

但我逃不出去。
楼门被锁住了。

人们曾经想把我轰走。

连珠炮似的三声巨响。
紧接着,一小串轻佻的口哨。

窗外,一棵无法入睡的树
在替我担忧——

"他能像风那样从窗缝钻出去吗?!"

2

对面楼里一个粗心的家庭忘了拉下窗帘,
还在气呼呼的日光灯下表演夫妻的皮影戏。

我怎样才能告诉他们——
世界正在着火呢?

我已经闻到了皮肉的焦味儿。
但我逃不出去。

我更不幸。
但我必须忍住悲哀。

在比灰尘还冷漠的天空下,
小小的树叶使我想到熟睡的婴儿

暂时,着火的世界
只是隆隆作响

1994

莲　花

我盘腿打坐度过了
许多宁静无望的暗夜。
我呼吸着人的一吐一纳——
哦，世界？它几乎不存在。

另一个世界存在……
另一些风，另一些牺牲的羔羊，
另一些面孔，但也未必活生生……
总之，它们属于另一个空间。

打开的双掌，是我仅有的两朵莲花。
你说它们生长，但朝哪个方向？
你说它们赶路，但想抵达哪里？

我只是在学习遗忘——

好让偌大的宇宙不被肉眼瞥见

1994

单独者

这是正午！心灵确认了。
太阳直射进我的心灵。
没有一棵树投下阴影。

我的体内，冥想的烟散尽，
只剩下蓝，佛教的蓝，统一……
把尘世当作天庭照耀。

我在大地的一隅走着，
但比太阳走得要慢，
我总是遇到风……

我走着，我的心灵就产生风，
我的衣襟就产生飘动。

鸟落进树丛。石头不再拒绝。

因为什么,我成了单独者?

在阳光的温暖中,太阳敞亮着,
像暮年的老人在无言中叙说……
倾听者少。听到者更少。

石头毕竟不是鸟。
谁能真正生活得快乐而简单?
不是地上的石头,不是天上的太阳……

1994

我的眼睛

我看见了我的眼睛
我不可能用我的眼睛在看
我的眼睛闭着,为了看见

我用我闭着的眼睛在看
我的眼睛不为分辨而来
我的后脑勺开着,为了不看

1995.12.1

忘掉昨天吧

忘掉昨天吧,从今天开始,
我正式拜生活为师。
忘掉昨天吧,既然昨天
是忘也忘不掉的。

构成曾经的东西,支撑我一生。
在不同的地点,以不同的步态……
我不前行,也不后退,我等待
但我永远是空的。

一场生命的大雪,早已把我
活生生错过。

我,一个走进街道的谦卑者,

我，一个骨架瘦小的旁观者，
我不炫耀我身上值得炫耀的。

天空轰隆隆。
安静，安静，安静……
哦，讨厌的路灯与贼为伍！
我的头颅像开了锅。

忘掉昨天吧，我要大声向生活
呼救！但不让旁人听见。
难上加难的岁数，让人不得不
把肉身看轻：稻谷入仓，草垛霉烂。

忘掉昨天吧！因为只剩下
明天一条路。拜生活为师吧！
因为我不想求助于死亡——
因为死亡也无法减轻我灵魂的重量。

1996.3.26

马甸桥

24 小时。连续 24 小时——
这是昼和夜加在一起的分量。

在桥边,一个人滋生危险的念头。
一天一天,你伤害了多少时光!

在每一个路口,危险和危险擦肩而过。

桥上所见的纷乱,
桥下所承受的震动……

生活,在路上。家庭只是
停靠站。轮胎冒烟,出汗,滚烫……

迟早的车祸粉碎了对前途的算计。

从这边看，又从那边看，
马甸桥没有内部，只是空穴。

过路的红裙，上下颤动的乳房，
松柏的生长缺乏氧气……

茶树用浑圆理解形式主义。

24 小时。连续 24 小时——
小轿车，自行车，马车，重型卡车……

危险的预感逼迫人一次次出门。
推迟那个梦，或在梦中醒着！

有什么更好的办法对付这噪音？

还得把生活挣来，
还得把肉和蔬菜拎上楼。

1996.8

窥

1

九月啊,你松松手——
你一定要放过这个年轻人

这个人的命正悬在一根头发丝上
这个人还在跟自己过不去

他屡次求助于衰竭的死
他抓住这根头发丝不放

但是,九月啊,让他别太用劲
让他从泥土的方向摔向天空

不是由于鲁莽,或者绝望
而是由于超过极限的种种苦行……

他全心全意献出自己

他逼自己，上绝路，快马加鞭……

他那张被苍白扭歪的脸呵

蒙上了尘垢，残雪一样闪耀

相信命运之后，感悟神秘之后

九月啊，请察看这个年轻人的左手

他想改变生死分明的纹路

他已经弄乱了五脏六腑

他反复强调："我熬过了八月，

我怕熬不过九月了……"

他的命还不老，但他已在拼老命

他的寿数还在，但他每天窥见死

2

九月，我不能告诉你过多的细节。

关于一个极端的人，我只好哑口无言。

他也没能告诉我。他结巴得像块石头,
他掏自己的心,但他掏不出。

九月,他相信了"那个东西"!
为"它"而死,当然——值得。

不可能的谈心,持续了半夜。
我的这一端已不可能接通他的另一端。

他这么专注于造就自己
他把命委托给另一条命。

真理的残酷,在他身上,噢
又一场雪冻死一根枯枝……

他究竟想干什么?谁也不可能
阻止他。众人任他飞奔。

他要是飞奔在天空中该多自由!
他要是真能弃绝尘世该多了不起!

他命令自己做那无法做到的……
他肉身的每一寸土地都在说——不……

九月啊,只有你能救助他——
不,只有他自己。只有他自己!

太高了,他几乎耗尽全部力气。
太难了,他居然乐于试一试。

九月啊,请注视奇迹出现的一瞬,
请将这瞬间显现给世人。

3

啊,我窥见了——九月的眼瞳
一个人万劫不变的厄运

在核桃树下,如同在石桌旁
谁又能窥见另一个灵魂的急转弯

我窥见他出现在另一条地平线上
他越走越小。这个点,只有光追踪它

他误入自己布设的陷阱了——
啊,他在自己的陷阱里苦苦挣扎

他忘了怎么解开自己打的绳结
他说:"我只能往前冲,往前冲……

我不能退,我退就死了……"
誓言代替了遗言,我哑口无言

我哑口无言的脸竟收不住最后一缕微笑
向一个濒死的人我竟然抛出存在的话题

啊,我窥见了——救过我的九月之神
正在稻草堆里打盹

我也在打盹!让我摸一下他的脸
让我留给他这最后一缕微笑

这一切多么惊人啊!他
截短了自觉献身的尺子

他如果真的死了,他如果真的死了
九月,说明你在稻草堆里还不想睁开眼

如果他真的死了,这死本身便成奇迹
九月,你支撑这个悬在头发丝上的人吧

4

我走进这个地方,一个"窥"字抓住我
我怎能抵得住这一暗示?我又怎么敢!

我坐着,我走动,我吃透这个"窥"字
不,我窥视的姿势变化得还不够快

我来到一棵榆树下,窥见一只知了——
这短命的甲壳虫从夏天嚎到九月

我穿过一条街道,顺便买好蔬菜
活下去和怎么活,不全在一念之差

他就不同。不,他没有什么不同
我没能窥见他唯一持久的东西

不同于清浅的感伤,命该如此的人
又怎能及时窥见那条命?

麻烦事不断。他想让尾巴长出
他反复说:"那东西是真的。"

我没有掉以轻心,我窥见不少人
正口吐白沫,要告诉我我的命

每个人只相信他所深信的——
人间无天真。怜悯很远,远及天外

不能不死的人在修理死
日日夜夜,他不离开他的打字机

他不离开,否则他的命要离开
九月,让他腾出身子,触摸少女

他不腾出身子,他只用眼睛瞟瞟
他瞟瞟就够,他足以窥见。

5

九月,请救援他,请放他一马——
他每天都窥见死,他生死未卜。

这不是一匹马,这是一个人呵——
死神窥见自己占了上风。

他枯坐的身子一挪动,
整个天空就会崩塌。

九月,他从指头上扳倒一个个日子。
病弱的鞭子,抽打他,又不许他喊疼。

他当然喊过,他大声喊过疼。
但公路两边的行人没有一个理他。

他躲起来。他秘密地向死的圣地进军,
十月可能会死在他的舌头底下。

他多么想撑过九月!

但是,九月啊,你清楚……他死生未卜。

十月即不死,即永远……
九月,一匹瘦马能否挤出你的窄门?

色、香、味俱全的乌托邦呵,
他跳上的贼船不允许他上岸!

"好了,让我给你讲一段轻松的寓言吧……"
他说——被苦水泡歪的嘴句句吐血。

1996.8

汉 字

一个汉字,
我盯着它。
它自己打开了,
连它最隐秘的部分,
也被我察觉。

一个汉字,
自己打开,
又自己闭合。
这中间的间歇,
花掉了我的一生。

1996

醉酒之夜

1

酒后,一切都模糊了;同时,记忆出场。酒精掀翻了词语,世界颠倒过来。思维的猛兽从头顶窜过。我瞥见了它的利爪。天空还在不慌不忙地播种星星。

2

家庭。每一个家庭都躲在门背后叽叽咕咕。从隔墙的声音入手,判断极容易失误。家庭,每一个家庭都巴不得大打出手!没必要披露那些沤烂在胃里的家丑。

所以,那些在枝丫间筑巢的鸟,比那些在屋檐下繁衍的鸟,要更聪明。

3

妻子：那爱情之路，为什么偏偏通向她？呵，爱情之路，断于门槛。雪地曾是我们的摔跤场。当你在漫天飞雪中抱紧我时，我那几乎冻僵的身子，慢慢暖和过来。

我的肉身，以完整的表象，存活下来。我苍凉的目光，已习惯于从所有幸福的面孔或欢娱的场面轻轻掠过。

4

秋天的银杏树一天比一天瘦。我在树下坐了一天，想目睹树叶落个精光。但始终有几片叶子悬着。最后几片黄叶将死于一场大雪。秋天的心境，我能理解。

据说，我耽误了许多事情。但没有谁追究我正等待什么。遥想来年的嫩叶，我既欣喜，又不敢伸出手去碰触。秋天是一场布道，而没有牧师出现。

让我凝视雪景，对神灵表示感激。

5

从镜中，我端详自己的脸：太瘦！棱角和痣太多！眉骨太突出了，简直是没进化好的山顶洞人。上千道皱纹眨眼间落入平静的湖面。我致力于继承某种古老的咒语，像上千道皱纹，既在脸上存在，又被脸本身藏起。

看着自己，悲哀就推开一切，径直成了王。

6

哭泣的男人。他算不算男子汉？但问题不在这里。问题也不能以这一方式提出。哭泣的男人，这就足够！在紧紧捂住脸的双手后面，略显肮脏的泪水正溢出他的指缝。别理他！让他平静下来。

过一会儿，他将抬起头来，打量周围奚落或同情过他的一切。

7

更多的季节在每一个街口。行人和道路都涌向那里。行人出门，为了回家。人们怎么可能在离开家后再找回它！家是道路，不在路旁。

由此我确知,有许多人无家可回,尽管他们行色匆匆,步履坚定,好像正大踏步走在回家的路上。

8

当"妹妹"成为一个心灵直接择定而又无法摔碎的单词时,这个词就在心里占据了对它渴盼已久的那个位置。

这个词从它的特殊位置出发,排斥任何与之相似的词:"无法失去"取消了"失去"的意义。

9

在这样的夜晚,我醉了,但仍然没有走错方向。身边有感性的风!毕竟,我回到了这个老地方。

我坐在昔日的明镜前,辨认着自己的脸。

10

现在,希望和绝望都成了绝缘体。我是电。我是一只渴望存在的电灯泡,特殊的钨丝有待研制。

我挟带着心灵的萤火虫,冲进斗争的场域,在一扇扇温情的窗下嘶喊。

11

怎样才能更好地拥有居住？吃，喝，睡……醒来，出门，劳动……复杂的享乐细节填满多毛孔的白昼！生活之流，谁能厕身于你的岸边？谁能保证不给你带来麻烦？为了安心，我们必须不断地遇到麻烦……我只麻烦……但我越陷越深了！我在争取中试图摆脱获得。

这怎么可能?！哈！哈！这居然也算一种人生观！

12

我仍然没能上当。没人真能把我骗住。

我的身体木得胜过一截木头，我的舌头像是被蛇缠住了。

13

事情总是不幸地滑向另一边。我也是。命运之神，唯一的神，演化历史，不知不觉，已经毁了你，已经成全了你。

14

谁有权继续生活？谁只能选择灭亡？……我可以不同你争论，

但我不能放过自己。思想降生……数千种可能性在激烈的口舌中撕扯着问题的去向。

我的去向始终不明。

15

因为弱小,我还没到受不了的时候。我躲到不公正的另一侧,肮脏的护城河的另一侧,观看居民们网鱼——他们把昨晚刚出生的鱼苗也捞上来,并倒进蓄着水的塑料桶里。

16

有了家,又该怎么办?
让我在时间的风速中测知枝头上鸟巢那摇晃不定的摆幅吧!
抓住它!然后才能深入。问题将在解答的努力中裂变,并爆发原子弹的能量。

爱情经过时间的手掌,或者日渐磨损,或者走向锃亮。

17

糟糕的是,生命的渣滓是垃圾车无法拉走的。渣滓留下来了!
只有晚年的凄凉才给自己留下最后一个觉悟肉身的机会。

但智慧以不悔恨为代价。

18

这样生活，还是那样生活？这可不是一道选择题……所有这一切，必须出自你的决断。甚至整个一生。

生活像糠筛一样筛着每一个人。命运正偷偷漏下来。聪明人，抓住它！书籍占据谷仓，水泥地发霉。

19

一天两顿酒，
这毁不了我，
但也无助于我。

20

从五月的田野到事物的血……

我的血流淌着，不愿进入任何形状的酒壶。

21

在一个讲究中庸的国度，一个人的腰围不是过肥，就是过瘦！

我还从未像现在这样清晰地听见自己的心跳。

22

如果时间无法作证,那么,谁可以作证?谁敢于作证?谁替谁作证?

时间啊,你是多少邪恶的见证。

23

人类的胃不被菜肴填饱。谈笑的白开水我们天天喝!灵魂的苦恼只好上医院打针吃药。

天空是不写出任何答案的天空,或者说,天空是写出了一切答案的天空。

24

夜晚筛选白昼,加紧给乱纷纷的材料着色,并把它们胡乱塞进梦的许许多多抽屉……但没有一把钥匙能从梦中带出。

每个人身上都藏着一个疯子,一个酒鬼,一位圣徒……

25

日常生活的材料经过不易察觉的震动,在词语的不粘锅里被烙成一张张层次分明的饼。易于把握的日子全靠脑子。

时间也会像喝多了酒那样香,那样清醒。

26

当一个女人的脸不停地晃动在一个男人的头脑中时,这个男人总是一喝就醉。无论他怎样把脑袋摇成个货郎鼓,他都只能头昏脑涨,哼哼唧唧。

他张大嘴,想说出真话,但旁人以为他想呕吐……

27

读书使我愚笨——我恰恰是从读书中悟到这一点的。

不要让任何人对你的头发指手画脚。

28

我们悲叹人类的种种缺憾——但正是它们在为虚无开山劈路。

因为这一点,我加倍热爱人。

29

呵早衰!我比我的童年时期更接近于一个儿童的心灵状态。

面对一个儿童,我的悲哀以欢快的姿态出现。

30

一个人孤单。但这并不意味着,一个孤单的人就非得同谁捆在一起。交流是必然的,赌注就押在上面。

31

人类一直致力于结构的大厦,以求安全。但秩序来得最晚,像送葬者,不为死者所知。

秩序:从村庄到山岗,从摇篮到坟墓。它赋予轮回以意义。时间像送葬队伍一样缓缓流淌。

32

同样性质的事情,居然又发生了!这使我迷惑不解。但这些事情是在我的指端下发生的;当我的意识赶到时,它们已经踏上了归途。

而看上去,我的意识一分钟也没有耽误。

33

唉,幸福的日子没完没了,但是,那苦难的旅程总有个尽头。

我的后半生,将是补救的后半生。

1996

冷，但是很干净

下雪天走路
冷，但是很干净

雪片沾白了睫毛
陌生人打起了招呼

路边的人们还站着等什么
他们的双脚来回倒腾

下雪天逛小树林
冷，但是很干净

屋顶们挺开心
穿上了新衣裳

烟囱大口大口地喘气
模仿蹬三轮车的菜贩子

下雪天迎来新的一年
冷,但是很干净

好像另一个世界诞生
冷,但是很干净

1997.1.1

高 烧

高烧煮了我整整三天
打针,吃药,受庸医的气
我这根瘦骨头,总算
没有被煮透

细菌性感冒。一夜之间
把我掀翻
一声声干咳的利剑
刺穿了我的腹背

这是个交叉传染的世界
好与坏一样多
高烧过后,是虚弱
干咳过后,是虚热

悬空的阳台。毯子蒙住
膝盖。脑子里一锅粥
我提前过起了
孤零零的老年人退休生活

病中心事越想越少
朋友也变得简单
数来数去,就那么几个
又该剪一剪生活的枝蔓了

1997.1.23

大风天

大风呜呜呜
这来自天空腹腔的吼叫
让屋内的人类不安

沙粒打疼了窗玻璃
天空脸色蜡黄。嘿,别张嘴
灰尘正趴在你的鼻尖上

街道被打扫得干干净净
有一扇铁窗被扭断了胳膊
人类是房屋的寄居蟹

垃圾袋快活得飞起来
白色的追逐红色的
一上一下,飞上天空

大风所到之处，能发声的
什物，都放开了喉咙
墙壁瞒不住自己的小细缝

在更开阔的城外，大风
只留下一小队人马
主力要推进，推进……

这是春天。四月
刚刚在青草尖孵出嫩芽儿
大风要改写春天的美学

只有水泥屋顶是镇静的
它的坡度使大风舒舒服服
它的赤贫让大风无可掠夺

夜的脚步被打乱了
它抵达城里的时间
比昨晚提早了十分钟

1997.1

某个人

某个人?可以是你,是我,是他。
某个人躲在某个名字下。
某个人喃喃低语,对风说话。
第一个某个人不知道自己叫什么。

某个人死了!脸过渡为面具。
有几种面具不能让妇女看见。
但在人类的厨房里,时间的
菜刀,需要死亡这块磨刀石。

某个人,见过面的,说过话的,
死了的,还未出生的……
某个人正迎面走来,
某个人已擦肩而过。

据说某个人生来清白，
据说柏拉图经历了苏格拉底之死，
通过他的嘴，死亡唾沫四溅，
通过他的笔，死者重返街道。

某个人，生于×××，
死于×××。
生死之间，夹着一小段生活。
而生活，是负债的过程。

死亡是中断。某个人继续……

1998. 3. 5

多么薄，多么寒冷

这个早晨多么薄，多么寒冷
一群冻晕了的灰鸽，不知道
天空已经结冰，一阵扑棱
就不知坠到哪里去了
西北风在墙角磨得飞快

许多人聚集在站牌下
搓着双掌，想搓碎寒冷
灵魂哆嗦着向心脏撤退
一口气刚呵出，就被夺走
只好再呵出一口

这些汽车多么慢，多么急人
一个老乞妇在桥洞口被冻醒

只知道哭泣。西北风的鞭子抽得
她多么疼呵！但人们匆匆走过
像逃难的蚂蚁，谁也顾不上谁

西北风主宰的这座大城，谁
也跑不了！水泥电线杆还好受些
它的光头上至少还亮着一盏灯
而那位被遗弃在桥洞口的老乞妇
能不能熬过这西北风整夜的抽杀

1999.2

看

我这是怎么了——
在街上瞎转悠?

我的目光,一路打量,
而众人忙着赶路……

有人结伴而行为了说话,
有人在站牌下探头张望。

我看一古怪老头,光裸上身,
一动不动,在胡同口,坐着。

他的枯瘦让我想起我外公,
去年盛夏,他肚皮凹陷,

一边等我,一边老死……
而非洲离我的村子太远!

我看另一对老人活得更艰难,
老妪坐着,老叟费劲地推车,

他们终于挪到了一个小摊旁,
老头儿想挑一只称心的乌鸡。

鸡贩!你坑谁也别坑这老两口。

我看一滚圆壮汉正从公厕
出口的窄墙挺肚而出,随即

啐一口痰,差点击中一块碎砖,
他面有愠色,甩手甩脚地离去。

我这是怎么了——
走了一路,看了一路?

每一个路口都让我感到

一种危险正从斜刺里杀出。

黄昏中这条街簌簌作响,
被两排老槐树夹在中间。

我看红色夏利车来回空跑,
司机的脸色比暮色更灰暗。

天空真的就暗下来了!

我于是拐进一家小酒馆,
三张条桌,九把方凳……

我要了一盘煮毛豆,一碟
田螺,一盘炒苦瓜,外加

一碗刀削面……我挨窗
坐下,眼睛还往街上瞧……

我这是怎么了——
黑乎乎的外面能看见啥?

小酒馆渐渐满了人,
啤酒味熏得人脸红。

我看一浙江老乡呵斥
他三岁的胖墩墩的小儿子,

大儿子一声不响,闷头扒饭,
小儿子吓得从方凳跌坐在地。

我看瘦瘦的女服务员忙得欢喜,
不时向小窗口里尖声禀报菜名,

她的灰格子衬衫泛出平民的朴素。
这时,我听见又挨着父亲坐下的

小儿子在喊:"爸爸,爸爸……"
一边把嘴嘟得圆圆的,伸过去,

我看那父亲把一匙豆腐吹凉了,
小心翼翼地,送进儿子的嘴里……

1999.8.24

风

风奔走在大街小巷
它进了城,出不了城

它掀翻越来越多的尘土
沙粒趁乱跳起来,乱打人

它吹乱了年轻人的长发
它吹开了虚掩着的房门

它还吹弯了青草的腰身
它还吹掉了沉沉的夕阳

沿着护城河,风却走得悠闲
岸边,老人玩耍,孩子苦学

它偷听着流水吃吃地笑
甩出又拉回柳枝的长袖

它走到哪里都不停留
树叶睡了，它才肯睡

一个孩子捉不住它，哭了
"风啊，我求你停一停！"

风和尘土，尘土和
风，世界就在风上

1999.8

刀削面

安德路口,电线杆旁,
一个矮汉在削刀削面。

他的脖颈一伸一缩,
他的眼睛盯住刀片,

他的下巴一勾一勾,
他的右肘甩着来回,

面条条儿一蹦一跳,
赤条条地滚进大锅。

他从离下巴最近的那儿
削起,一刀一刀往上移,

再落下来,再一刀刀
往上移,麻利,娴熟,

客人们坐等着……

很快,手掌就托不住了。
矮汉趁机瞟了一眼周围,

顺便吐一口长气,调匀
呼吸,让刀片刮刮锅沿,

对剩下的面坨下手。

这时过来一个粗辫子丫头,
用大漏勺往锅里那么一搅,

捞满了面条,再往上一抖,
顺势就送进了一只大海碗,

一看不够,再添点儿,
然后,酱油、盐、醋……

最后撒一撮香菜。
得，您吃去吧！

出租司机正埋头扒拉。

这小面摊紧挨着建筑工地。
载重卡车开进去，又出来。

这儿的气氛热热闹闹，
这儿的灰尘一阵一阵。

红色夏利塞满了路口，
民工们吃饱了，歇着，

一面面小红旗悠悠地飘呀，
一碗刀削面足够顶一个下午。

1999.9

天

对,我说的是
白天,不是天空。

天亮了:黑遮不住
天空这盏长明灯了。

白天上班——为了省钱,
因为蜡烛和灯光都得买。

看不见手指头的时候,
我们就喊:夜来了!

然后去捉萤火虫,然后
缩在被窝里做噩梦。

夜在哪里？举着灯盏找——
夜总是在灯照不到的地方。

梦里还在找……睁开眼，
却把自己找回来了。

上，下，左，右，全是
天。白的天，黑的天。

地球是圆的，处处是悬崖。
瞧，又一个人摔到天里去了。

一天，你看得见的一小块天。
一天一天，你渐渐看花了眼。

贼眼，贼眼，一只只电灯泡！
我们真的找不见黑夜了。

1999.9

像鸟一样

假如你真是一只鸟,
你想怎么办?

你肯定想飞,
那是你多年的梦想,

也许正相反,坐在家门口,
你反而拿不准方向。

如果找不到北,你
会飞的翅膀往哪儿飞?

雪莱学习云雀,边飞边叫……
马拉美飞上了万米高空,

越来越微妙，越来越费劲……
维庸闪进胡同口，躲警察，

那是另一个方向：向下
……爪子也挖到了麦粒。

飞到谁也看不见你的地方，
或飞到市场上的小推车旁。

有了翅膀，还找不到
天空的门，那你就惨了！

海子跳上驶向太阳站的火箭，
戈麦向天鹅湖的虚空处沉去……

由于缺乏带点儿腥味的口头语，
你失去了一个完整的人的乐趣。

越来越玄，望见古代的人，
越来越狂，找不到尺子的人，

而那些退回冥冥天国的人,
需要你从你的生活出发,

想象他们的人情味儿,
再次得到简化和充实。

假如你真的想飞,
此刻你就能做到。

1999.9

去九寨沟的路上

快,快,快,
中巴车开得贼快。

岷江一路相伴,
隆隆渐渐潺潺。

细腰,细腰……
电话线奔跑如妖。

庄稼,树木,
从车窗两侧急退。

爬,爬,爬,
爬上高原,是平的。

岷江坠下去,
在沟底冒白沫。

山脚看不见了。
山头近在眼前。

野草满目呵,
野花被风灌醉。

白云扬眉,是鹿,
白云伸腰,是狗。

白云,白云……
鞭响处羊群乱窜。

九寨沟太美了,
因为离城里远。

快,快,快,
中巴车好几次想翻。

司机说以前去成都,
每次都有伙伴

把车开进岷江,
把命送给鱼虾……

五天一趟来回,
辛苦,能赚钱!

旅客们困睡了,
他唱青藏高原。

1999.9

辑三：安宁（2000—2009）

安　宁

我想写出此刻的安宁

我心中枯草一样驯服的安宁

被风吹送着一直升向天庭的安宁

我想写出这住宅小区的安宁

汽车开走了停车场空荡荡的安宁

儿童们奔跑奶奶们闲聊的安宁

我想写出这风中的清亮的安宁

草茎颤动着咝咝响的安宁

老人裤管里瘦骨的安宁

我想写出这泥地上湿乎乎的安宁

阳光铺出的淡黄色的安宁

断枝裂隙间干巴巴的安宁

我想写出这树影笼罩着的安宁

以及树影之外的安宁

以及天地间青蓝色的安宁
我这么想着没工夫再想别的
我这么想着一路都这么想着
占据我全身心的，就是这
——安宁

2000.3

风把阳光

风把阳光撒得满地都是
一群树叶和另一群在吵嘴
你听不出哪一群更有道理

一棵树的激动是饱满的
但阳光把树叶揉成了碎影
你在树下走，你也是碎的

风播放着也减弱着风中的
噪音：冲击钻的磨牙
越来越让人受不了

公共汽车哼哼着渐渐远去
风的沙沙声和树叶的飒飒声

吹送着跌跌撞撞的儿童

满地的阳光抚弄着青草
因为草尖在不住地摇晃
连垃圾桶也感到了温暖

瞧一位老人在垃圾桶里找吃的
这是阳光也无法解决的不公正
我悲戚的心涌上一阵阵羞愧

风把阳光撒得满地都是
我和很多人一起，走在
心事不同的同一条路上

2000.4

门

那白天黑夜都敞开的
大门，就是死亡

而双脚能够进进出出的
门，那是家门

人们踏上公共汽车的
门，但还能下来

而死亡是世间运行不息
并把每一个人当作停靠站的

那辆公共汽车的门
你只能上去一次

2000.4

颤 抖

它颤抖

我跟着颤抖

大楼，我

大地颤抖

洗衣机甩干时颤抖

刚掏出的鱼内脏颤抖

被面包车撞得飞出去的

农村妇女的嘴角颤抖

我跟着颤抖

大地，我

天空颤抖

它的丝绸被闪电撕破

孩子颤抖

他发高烧已经三天

小偷颤抖

他的脖子凉飕飕

立交桥颤抖

载重卡车正隆隆驶过

废墟颤抖

时间唱着凯旋歌

心脏颤抖

死亡掐紧了喉管

我跟着颤抖

天空，我

亲人

在病床上颤抖

我跟着颤抖

我，我，我……

2000.5

有点怪

她的脸有点怪
像一个瘦土豆
她张着嘴,却不说话

她的四周全是石头
一个男人路过
她看着他走进石头

他的脸也有点怪
像被一桩心事压着
想说,却不可能

两个铁石心肠的人
谁也不肯先开口

周围全是石头耳朵

就这么分手了
为了这次见面
他们费了多少劲呵

就这么见了一面
一句话也没说
像两块石头

一个走远了
另一个进了石头
然后，记忆模糊

你心里明白
他们一直在
而四周全是石头

2000.7.5

天暗了下来

天暗了下来
一半是因为时光
一半是因为乌云

鸽子飞得更低了
它们有点惊慌地
跌落到不同的屋顶上

它们看到天空压低了
于是也压低了
自己的飞翔

乌云像联合舰队
威严地,有序地

驶过广场般的天空

它们行驶得很快
很快，头顶上的天空
全是乌云的天下了

下雨了！这是大家
同时从心里喊出的
这是被感知的事实

而你非要把它细节化
麻烦就来了：时间的
伞，在谁的手中撑着？

2000.7

7月24日夜

今夜的巴黎没有黑色

天空是橙红色的

圣心教堂的台阶上

整夜有人坐着唱歌

闷雷压低嗓音在太空中

应和。我总也睡不着

外面太亮或者屋里

不够黑。我不开灯

站到窗前。对面的

屋子好像没人居住

七月的巴黎没有黑夜

月亮很远。星星眨眼

我总也睡不着,心中

像有一把火烧了起来
可能我又一次看见了未来
——就在楼下的院子里
天空还是橙红色的
不需要谁来点破它

回到床上。心跳
在被褥下竟如此隐秘
心和肾互相推搡着
也许只缺一小股风
睡眠的堤岸就要坍塌
我怎么也睡不着
剩下的日子不是蛇
也不是草绳，我只能
听从头上白发的指点

2000.7

你是哪一个?

打哈欠的人,

钉钉子的人,

蜜蜂一样嗡嗡叫的人,

坐着等公交车的人,

在街区地图前踮起脚尖的人,

喝咖啡的人,

穿红裤子的人,

东张西望的人,

躺在长椅上晒太阳的人,

守住银行门口的人,

喉咙都喊哑了的人,

在舞台上给观众抛掷笑料的人,

开车的人,

坐车的人

骑自行车的人，

躲车的人，

对着汽车屁股跺脚骂娘的人，

还在睡懒觉的人，

牵着狗的人，

从地铁口钻出来的人，

满脸堆笑设下陷阱的人，

喝醉酒骂人的人，

深夜还在看电视的人，

活够了但还活着的人，

被昨天粘住手脚的人，

被今天一棍子打蒙的人，

被明天套牢的人

……

正东一笔西一笔

乱涂乱画的人？

2000.7

墓地杂记

1

槐花落下来……从
这一边,又从那一边
眼睛有了凝视的对象
墓地里照样有好风景
幸存的人来这里,索要心

天空蓝得只剩下蓝色
只剩下对蓝色的想象
树叶鸟都飞到哪里去了
槐花,还在悠闲地飘落
风赐给它们奔来跑去的脚

要耐心找!照着墓地的
门牌,凭着血液的指点

这里可没有人让你打听
空而飘的巷子空着,飘着
我的心尖是锥子的沉甸甸

我找着,看着槐花
落下来,从这一边
又从那一边……

2

在墓地,交谈是多余的
这样会打扰内心的安宁
该记住的已经在心里牢记
想说的话仅仅是一阵颤栗
我来墓地,是想见到亲人

墓地本身也是一种生存
这里的白天照样暖洋洋的
像墓碑上的拼音字那样明亮
像细碎的鹅卵石那样闪着光
活着的人,反倒孤苦伶仃

脚步声惊起一大群麻雀
长方形的蒙巴那斯塔楼
当然没有无顶的天空更高
从咖啡色的塔顶望下去
死者的楼房实在太拥挤

我看着,但什么也
看不清:墓地这么近
死亡却那么遥远

3

生活在别处,生命
却在这里继续。一棵树
把一片凉荫投给一间墓室
这棵古老的树生长得很好
枝丫上的叶片像记忆在加厚

可是,遗忘多么快
转过身去多么彻底
世界各地的人来到巴黎
吃喝,买东西,很少有人

来墓地向可敬的死者致敬

我先找贝克特,他仍然
坐在墙角,双眼透露出
只有死神才能意会的冷冰冰
接着,我又到波德莱尔家中
向他讲述汉诗的骚乱和活力

归途中,我遇见了萨特
和波伏娃。他俩生前
为伴,死后也相互依靠

2000.7

兰波墓前

1

墓地散发出墓地的味道
九点钟的风,树叶不安地翻动
麻雀叽叽喳喳,在沙地上觅食
墓地的大树上又飘下来一片叶子

走了这么长的路,终于来到
你的墓前。你和你妹妹葬在
同一个墓穴里。同母亲面对面
她生你,好让你满世界奔波

天空蓝得像大海悬挂在头顶
小城在扩大,生活变了样
这么宽阔的大街被星期天搬空
市中心的方形广场支满了帐篷

偶尔有鸟鸣在墓冢间一闪一闪
教堂的钟声因天空的空而温柔
一只甲壳虫,从我的脚边爬过
像我一样盲目,探索此生的生活

2

为何有这么多人集中在一起——
安息?为何独独给他献上一朵
小喇叭花?为何大铁门只敞开半扇?
为何狗屎和鲜花同时杂陈在墓碑前?

我早早起床,一路步行到这里
为了找你,我把脚步放得很轻
我把心跳尽可能压抑到平静
我走累了的脚得在你那里歇一歇

墓碑高高低低,小径曲折多变
让我想起沿途遭逢的人间生活
墓室有的塌陷,有的还在骄傲
好在墓前的十字架一律指向空无

还是活着的人珍贵呵！还是
蚂蚁们爬得耐心！我同时观看
好几只蚂蚁在巴掌大的沙地上乱爬
怎么看都觉着它们爬不出墓地的围墙

3

在空空的墓前，我静心，坐着
我就坐在你身边那棵大树的树根上
我不明白钟声为什么敲了又敲
好像有人诞生，又像有人刚刚咽气

星期天，心和麻雀都不休息
休息属于告别了血肉的枯骨
但心和麻雀不歌唱，也不喊叫
甲壳虫多得染红了眼前的青草丛

老树根硌得我屁股疼，它恰恰
同庇荫你全家的树冠连成一体
一条大街把源头直推到这座公墓
大街两旁，出入和繁衍着世间男女

狗吠并不是城里出了什么大事
这从无到有的小城可以叫查理
兰波降生于此,一生都在逃避
岂料死后归来,故乡更加出名

4

一个小时过去了。我只看见
一位妇女开着车从门口经过
还有一辆小轿车,在大门前
停了一下,又掉转头,跑了

在这一小时里,我孤零零的
守着这偌大的静悄悄的公墓
我乐得沐浴阳光,倾听沙砾——
在麻雀的细爪下它们也会翻身

风啊你把太多的生活气息
吹刮到我的鼻孔里。公墓里
葬着兰波和他的家人,更多的
还是十六世纪以来的平凡居民

柏树象征什么？柏树只是柏树
椅子却结结实实地空着些什么
太阳晒得我渐渐有点发热
我想我得起身，走向人群

5

让我把这个句子写完！我将
回去，先回巴黎，再回北京
有一天还将回到我的下陈村
回到山和水、田埂和田埂之间

这已不是以诗人为骄傲的时代
钟声提示我：生活不在此地
墓地外的街道才流淌着生活
吵闹，商业，恋爱，妄想……

趁太阳未落，我用手抚摸
这洁白得有点苍白的墓碑
我再掐一朵别人栽种的
小红花，放到兰波的家门前

这柔黄的慰藉人心的天色

这些给生者以力量的先死者

安静的墓地一整天都这么安静

连我的到来我都觉得多余

2000.7

小火车

小火车,白色的,
很小,儿童喜欢的那种小,
总共有九节小车厢。

小火车静静地趴在
路边,梧桐树荫下。
一个姑娘,坐在
太阳伞下,售票,
就着一张白色小桌子。
她看上去像个中学生,
灵巧,小小地笑。

从地铁口冒出来
一丛又一丛人,
又在各个街口溃散。
但有人停脚,上前,

一看，一问，买了票，
踏上一节有空位的车厢，
乖乖地，坐着，等。

汽车一辆接一辆
从路中央窜过去。
嘀零零……钟点到了！
小火车，甩了甩腰，
拐上洛比克大街的斜坡。

小火车慢慢悠悠，
绕蒙马特尔转了一圈，
回来（顺路也捎一些人），
又静静地趴回
路边，梧桐树荫下。

那个姑娘，还在
太阳伞下，售票。
她站着，迎着人流，灵巧，
小小地笑。

2000.8

湿

墙正在湿
渗漏的努力持续了
将近一个半小时
雨停后,渗漏
还在继续

墙的一大半都湿了
湿,还在费劲地向前爬
但雨说停就停了
湿,抵达不了墙脚跟

太阳出来了
湿淋淋的喜悦
随说话声抛撒到大街上

树木摇晃着绿耳朵

水珠滚碎在水泥地

阳光又回到墙上

湿，只好改变战略

改进攻为撤退了

撤退得不慌不忙

2000.8

米拉波桥

——致敬阿波利奈尔

米拉波桥下,流淌的河水
接着流淌。河水没有变老
只是越流越急,越流越浊
鱼虾被汽车的啸叫声吓跑

米拉波桥上,一个人走来
他来自中国。一辆摩托车
载着一位金发姑娘飞驰而去
骑车的是另一个阿波利奈尔

米拉波桥。两个水泥桥墩
上面坐着两尊女神,她们
背靠钢铁,面对滚滚河水
一位擎火炬,另一位吃葡萄

米拉波桥！行人一个接一个
汽车一辆追一辆。一到桥头
我就累了。河水让人头晕
我躲到梧桐树影下，瞌睡

阿波利奈尔！前两天我专程
去墓地拜访你，你一言不发
因为你身边躺着合葬的家人
我带口音的汉语你也听不懂

2000.8

虚无也结束不了

虚无也结束不了……
到时候,这世界还会有
高过人类头顶的风,还会有
比爱情更晚熄灭的火,还会有
比自由还要自由的……"没有"

虚无是一只壳
更是壳里的空空
崭新的苔藓又绿成一片
那些唱出的歌已经入云
那些作诗的人正拿起筷子

虚无也结束不了……
那戳破窗纸的人只瞥了

一眼,后半生已经变了
活不下去?还得活下去
虚——无,这中间有一条缝

虚无能结束那当然好……
你也就没机会再写什么
高矮胖瘦,都过去了
我们也会过去的!拐弯处
虚无翻了翻我的衬衣角

2000

秋日杂记

1

风像软刀子
在衣袖上飘
阳光喝醉了
躺在空地上

秋天冒烟的味儿
烤羊肉串那么香
一直飘到了新疆……

树叶一片接一片
落下来。有位老人
枯坐一旁,双手
摩挲着瘦膝上的残年

但树叶,还是
一片接一片,落下来
好像自己愿意

2

大地上秋日朗朗
对这生命的轮回
一棵树只能接受

落叶的心情也不相同
有几张晒太阳
有几张追行人
还有几张,迷了路
一头撞到电线杆上

风把它们翻过去又翻过来
像不识字的儿童硬要看书

我走路时像
被什么绊了一下
我停下来,等一个朋友

突然,白杨树飒飒乱响
接着便有人拍我的肩膀

3

秋日,你要静心
走自己的路
你要一心一意
想到什么就忘掉什么
你还要去看,去听
做这些都要用心

看着干干净净的阳光
我也想活得干干净净
听着天地间隐约的风声
我的脸就成了眼泪的晒谷场

又一阵风吹来
这么多飞翔的精灵
沦落尘世!你一边
发呆,一边心生悲悯

这么美的日子，你
却受不了

4

幽深的庭院凭幽深
守住那棵柿子树
柿子都跑市场上去了
枝干和枯叶留了下来

光阴走得寂寞
孩子们活蹦乱跳

慈爱的老人凭慈爱
照看满地的儿童
中年人各忙各的
几乎忘记了童年

是秋风使他们
偶尔回过头来

5

一阵寒颤：你顿时感到
每个汗毛孔都灌满了秋凉
凉，比老中医摸得更准

暮色提前来敲门
像三十五岁的你
迎接挡不住的白头发

我郁闷地走在幸福大街上
好多面孔仿佛昨日见过
一切漠然：无激动，无争吵

娘喊儿子的尖嗓音
把暮色拖长了——
水圈儿似的，扩散开去

6

除了一阵寒颤
双手像两只眼睛

一样没有把握

这个秋天染上了
不要命的灵魂色
你动用右手，捂住胸口

心啊，你在尘世间
究竟想要什么？你

比你想象的要更真实
没有一个细节漏过你

7

十字路口，昏沉
扭秧歌锣鼓，热腾腾
飘带红绸翻起了尘土

老槐树一再被冷落
推土机逼近了
一堵破墙没推就倒

墙角，落叶越聚越多
比一床大棉被还要厚
一窝小老鼠得了温暖

走一段弯路，你
找到了家。舍掉几个
字，意思更完整了

我来到世上是因祸得福

8

屋子里，声音越来越杂
干什么或不干什么
现在都由不得你
落叶催促枝上的残叶
一棵树迟早得光秃秃

据说有一些树四季常青
它们的秋天更不易察觉
越来越僻静的屋子
你内心深处的安宁

幽深而悲苦

娴静而乐观

9

十年前,你顺着山沟

上香山。生活的折扇

也是在那一年打开

如今多少风已从扇面上掠过

多少枫叶从树根又回到枝头

太极拳,太极拳

师傅已经仙逝——

胃癌蚕食了每一寸

肉的土地,因为疼

他最后信了不死的神

此刻的秋天浑身无一朵云彩

2000

迷魂药

"天使来了……"
她执着地这么唱
这升空似的感觉飘乎乎的
这自制的迷幻药让她上瘾

唱着唱着她的眼睛就瞎了
不,是微笑着闭上了
再也用不着看人间了
长翅膀的天使已经来临

"天使来了,天使来了"
她一遍又一遍地这么唱
天使是来了,但又走了
歌声由强而弱,渐渐熄灭

剩下这可怜的肉身

还有什么用？

她决定替肉身死一回

于是迷魂药拿走了她

再也用不着看人间了

天使从窗口飘过时

无意中往屋内瞟了一眼

只窥见一根扯直的绳子

2001.2

苦孩子

在社科院前面

那条著名的街上

我碰到一个小女孩

她龇出一颗獠牙

嘴唇像被砍过一刀

样子非常可怕

这孩子盯着我看

眼珠子骨碌碌转

忽然她出手

扯住我的衣角

她低声而急促地喊

给钱给钱给钱

那架势像是

逮着了欠债的
我走几步
她就喊几步
我只好掏钱包

但她还在喊
像是在背口诀
我递给她五毛钱
她摇摇头说不够
我于是问她是
哪个大人领她来的
她吓着了似的
一下甩掉我的衣角
抢过那五毛钱
跑开了

我知道
这龅牙的苦孩子
是被一只大人的手
操纵着

2001.4

广告美女

她的脸几乎冻僵了

她穿得太少

冬天其实挺冷

几朵小菊花开在她的腰间

她托腮望着我

她望着从她身边路过的

每一个人

我几乎认出了她

我一边望着她,一边

从记忆的抽屉里翻底片

她不只是望着我

她望着所有路过的人

直到,直到

你自动地读起这张广告

直到,直到
她那张冻僵了的漂亮脸蛋
也从广告牌上
被一把撕下
并被另一张覆盖

2001.5

旅　行

太阳，给刚刚睡醒的山脊线
也刷刷牙吧。

长途车破得像堆废铁，
哒哒哒……发动机终于着了。

司机穿得单薄：一只瘦猴。
售票员是个大大咧咧的北京丫头。

司机、售票员加乘客，共七人。
我们哐当哐当：上路了！

"到县城，可得好好拣些人……"

油门踩到底,轮胎直哼哼,
就是追不上前面那两排青杨树。

早起的农民拉着干瘦的骡子,
堆满砖头的车架几乎走不动。

汽车空空荡荡,进了县城。
汽车满满当当,又出了县城。

路旁,过节的人大包小包,
竟有那么多人等着进城!

那北京丫头高兴得直发愁。
她同司机只嘀咕了几句,

汽车就冲向人堆,嘎的一声
急停。糟糕!车门打不开了。

"推一下,使劲儿推……"
"哎呀,我的鞋掉了……"

"中国人过节就是挤!"

有位姑娘羞得涨红了脸,
有个小伙在后腰上使劲儿推。

折腾烦了。司机想走。
售票员突然喊开了——

"等一等,还有我妈呢!
我妈说好了在这儿等的……"

这乖闺女还在往窗外喊呢,
一个粗嗓门从人缝炸响了,

"小月,小月,妈在这儿哪!"

敢情,这粗壮有力的老妈
早已独自攻下这小山头了。

挤得要死,却喜气洋洋。
汽车猛一拐,上了高速路。

西三旗，清河镇，马甸桥……
太阳晒烫了半张脸和一只耳朵。

秋收在继续。玉米棒
一片黄灿灿，躺在屋顶上。

我瞥了一眼身旁的妻子，
她歪着个脑瓜，瞌睡得正香。

长途车摇摇晃晃晃晃摇摇，
屁股后头，喷出一路黑烟……

2001.10.1

地铁口

地铁口又开始吐人了
一个,两个,一群,一大群……

绿灯:人群急匆匆涌过
红灯:车流呼呼呼狂奔

只有一个白发老人
不慌不忙,过马路

他走一步,停一步
红绿灯?他好像没瞧见

他的步伐是简单的
他出来,只是想透口气

他的结局也会是简单的
假如有一辆车冲过来

有一只喇叭焦急了
所有的轮胎都在等

2002.5

活 着

"瞧这天儿多蓝!"
出租车司机,美美地
叼上一根香烟

昨天,城市这个小顽童
被沙尘暴揪住头发
狠狠揍了一顿

但今天,天空亮得
晃眼,太阳光
把儿童们轰到小广场上

老天爷收住杀气后
多么温顺!姑娘的长发

跑得一耸一耸

麻雀会议，开得
吵吵嚷嚷。红红的
出租车，火火地跑

南墙根下，老人们
坐在各自的小马扎上
瞧大街——这部活电影

行人、汽车，像碎纸片
在眼前飘。衰老的嘴巴
有一句没一句地唠叨

两排老槐树，守护着
贫穷的幸福大街。小胡同
幽深得像一口枯井

嫩叶，一寸一寸壮大
四月，一天一天
哺乳五月

建筑工地上，哨声
响亮。铁锹们
把碎砖块甩进卡车斗

这世道变得真快——
文章胡同，一转眼
就消失得没个踪影

天气也变得越来
越难以预报。昨天
沙尘暴，今儿大太阳

空气里弥漫着一股
青草味儿。连一堵破墙
也感觉到活着的美好

红桥市场。彩色三角旗
在屋顶上呼啦呼啦响
向天空传播生意经

行人们穿得花花绿绿

从天桥上过,或倚
或站,扶栏,眺望……

风筝们分享九千里苍穹
天桥上,一干瘪老头儿
一边放风筝一边兜售

有轨电车隆隆。电缆
微微颤动。乘客们的心
摇晃着,咯吱咯吱响

每一张脸都闪动着
喜悦。一个好天气足以
擦亮活着这块大玻璃

2003.4

有一只蟑螂正在死去

"有一只蟑螂正在死去!"
妻子大声喊。

我跑过去一看,确实有
一只大蟑螂,仰面躺着,

它使出吃奶的劲,
想把身子翻过来。

看来它中了毒。

"可怜的蟑螂正在死去……"
妻子不安地咕哝。

我白了她一眼——昨天是
她非要我去买"死得快"。

这只大蟑螂正在死去，
而且它很快就会死去。

这正是我们想要的结局。

我蹲下身，仔细观察。
妻子站着，露一脸恻隐。

看来它已经没救了。

我们出了厨房，
各忙各的事儿。

2003

去 来

去哪里过夜?
去大觉寺

来这里干吗?
来大觉寺

大觉寺无门
自然也无进出

大觉寺有门
自然也有石榴

还没有来
怎么就去了?

还没有说
怎么就懂了?

说话说到深处
夜渐渐就去了

问题问个究竟
答案真的来了

去哪里去?
来何处来?

争什么争?
论如何论?

绕舍利塔三匝
去来去来去来

左脚比如去
右脚比如来

任你去又来

大觉寺不觉

2004.10.2

竹晶之疼

疼过之后，那摊血就空了。
水泥地，冷冰冰地吸纳了它。

如今，只剩下那疼过的疼，
还在那空里，延伸着它的空。

无数双脚在街上走动，
手里拎着蔬菜，或排骨。

那肉身真的升向天庭了吗？
我不信。但竹晶，她信！

那灵魂真的跳出躯壳了吗？
竹晶信。但我，不信！

竹晶是飞走的！但只
飞了一小会儿就触地了。

太疼！躺在地上动不了！
除了死神，谁也动不了她。

轻轻一动，就会要她的命。
急救车来了：竹晶走了。

她在用最后的呼吸，说
疼疼疼疼疼疼疼疼疼……

非人的疼！要命的疼！
活着的人无从想象的疼！

血肉疼糊涂了，骨头疼
麻痹了，嘴还在试着说出

疼：竹晶把疼留了下来。
这是她事先没料到的。

不！她事先什么都想过了。
她甚至也把死留了下来。

她知道有人会谈起她，
她用死同我们活在一起。

她是圆的，她是空的。
圆摔碎了，空又满了。

谁，含着泪，通过竹晶，
又一次讲述了生死无常？

有几双耳朵听见？生命中
真正的疼，只有一次。

那疼，如今藏在水泥地下，
那死，如今存在骨灰盒里。

她的灵魂，上哪儿去了？
而哲学，不在生命之外。

2005.6.1

率 水

谁率领水：风？
码头？岸？时间？

风率领水：风
停了，水还在流

码头率领水：码头
废了，水还在流

岸率领水：岸
塌了，水还在流

时间率领水：水
干了，时间还在流……

率水一直，在流
流向没有水的前方

冬天的率水，浅得
舔着洗衣妇的小腿肚

野鸭子一头，扎进
水里：没了，又有了

我是浙江人。人们说
率水是浙江的上游

我是浙江人。头一次
看见浙江的水在流

一天，像水光一闪
一闪之后，是明天

流走的水，是昨天
而今天，是水在流

天黑了，水声更大了
说到底，是水率领水

2006.1.16

掀 开

真是一块地毯

那可以掀开

看看它背面的图案

真是一个湖

那可以掀开

让波浪帮帮忙好了

真是一个梦

那可以掀开

请弗洛伊德解一解

真是一个昨夜

那可以掀开

锅也许是它的底片

真是一片天

那也可以掀开

掀开后会露出空空
真是一块棉布
那就掀不开了
棉布变成了云彩

云彩只知道飞
并在飞中
被风掀开

2006

心里有烟

心里有烟,

心里有鬼,

心里有烟鬼。

男烟鬼?女烟鬼?

心里有火,

心里有灾,

心里有火灾。

救火车!救火车!

心里有怨,

心里有气,

心里有怨气。

开门,开窗,透气!

心里有情,
心里有人,
心里有情人。

成眷属?成冤家?

心里有数,
心里没数,
心里直打鼓。

一打鼓,烟跑了。

2007.9.29

路　灯

车已经没有了

人已经没有了

它还亮着

风刮过去了

雪下得很薄

它还亮着

除非断电了

除非天大亮

否则它

就得亮着

它是一盏路灯

它是一盏路灯

2008.1

风　声

像是有人吹箫
但是没有人
像是老虎下山
但是不见老虎
尤其是没有山
对面是湖
山在西边
远得看不见
风声吹过后
天空亮起来
西山就看得见了
听着风声
我想着这事儿

2008.1

春天没有方向

春天没有方向
春天只顾开花

这边小麻雀啁啾
那边小孩子咿呀

春天真的太好了
就是找不到方向

风儿这边吹一吹
又跑到那边去吹

风儿抚了一下青草尖
又忙着去吹那些花蕊

蜜蜂的小腰身被风吹

歪了：但它就是不跑——

就那么斜斜地悬吊着

好像花蕊是它的天堂

树的影子最活泼

草坡成了大舞台

婴儿在婴儿车里

一个劲儿地鼓掌

春天没有看门人

万物都忙着恋爱

阳光又暖又轻

睡得哪儿都是

每一朵迎春花都挽留你

每一阵风又不让你留下

春天怎么会有方向呢

你走到哪儿都会迷路

春天没有方向

春天只有生长

2008.4

远方市场
——为纪念埃拉·玛雅而作

1. 远方

远方永远是远的
甚至比永远更远
永远了
也就不远了
不远的远方
我们不叫远方

远方肯定是远的
北京是巴黎的远方
这里是那里的远方
一架飞机带我们
飞向另一个远方
我们叫它新疆

1935 年的喀什

当然也是远的，还有
玛雅骑过的那匹马
玛雅拍下的那些照片
它们是黑白的
也很远，像时光
远得没有了

从 1997 年开始
玛雅一直等我们
我们总共十二个
我们从远方来
我们到远方去

2. 市场

要抵达远方市场
必须经过
村庄河流小镇大城市
必须穿越
小巴扎大巴扎大大巴扎
还有国际巴扎

要找到远方市场

只有横穿
塔克拉玛干大沙漠
只有举手
向苍老的胡杨致敬
只有坐在
和田的大街旁
把天空也看成一块碧玉

市场就是巴扎
巴扎就是人多
远方却在地平线那边
我们只有赶路
有人中暑了
有人正吃西瓜
有人把白杨树
翻译成"人民的树"
还有人把废弃的农用拖拉机
拍成珍贵的乡村文化遗产

考古学家说远方
就在沙漠深处
木乃伊可以作证

摄影师说沿着

这张照片上的光线

能找到通往远方的路

画家说他调好了

水墨和颜料

但画出的不是远方

而是一张画

诗人望着远方

把内心唱得悲伤——

"远方走不到头啊

走到头的是生命……"

开车的司机更乐观——

"只要面包车不爆胎

远方总会到的……"

3. 远方市场

公路旁一块广告牌上

写着巨大的"远方市场"

我们读懂了这谜语

玛雅在那里等我们

但远方意味着什么?
市场意味着什么?
什么地方能比远方更远?
什么买卖能比市场更大?

是的,远方太远了
玛雅又回到了瑞士小村庄
是的,市场太大了
整个世界就是一个大市场

远方只是一个方向
旅行者永远在路上
而市场上什么都有
甚至找得到我们的名字

树才是一些蔬菜
沈苇是一根苇草
Cantin 是一条鱼
Dessert 是一块甜点

2008.11.1

辑四：这枯瘦肉身（2010—2020）

哭不够啊，命运

哭不够啊，命运！
泪水也能喂养大孩子？！

2010.7.7　早晨惊醒后

这枯瘦肉身

我该拿这枯瘦肉身
怎么办呢?

答案或决定权
似乎都不在我手中。

手心空寂,如这秋风
一吹,掌纹能不颤动?

太阳出来一晒,
落叶们都服服帖帖。

牵挂这尘世,只欠
一位母亲的温暖——

比火焰低调，比爱绵长，
挽留着这枯瘦肉身。

任你逃到哪里，房屋
仍把你囚于四墙。

只好看天，漫不经心，
天色可由不得你。

走着出家的路，
走着回家的路……

我该拿什么来比喻
我与这枯瘦肉身的关系呢？

一滴水？不。一片叶？
不。一朵云？也不！

也许只是一堆干柴，
落日未必能点燃它，

但一个温暖的眼神,
没准就能让它烧起来,

烧成灰,烧成尘,
沿着树梢,飞天上去……

2010.10.11

醉 爱

时间之神酿什么酒？米酒——
我希望！因为我曾为它醉死过
一次。仅仅一次，就改变了我。
第二次？那是我不敢想象之事。
这不同于死的醉，让我不再
是我，让灵魂绕太空飞了一圈……

太空在哪里？应该很遥远吧。
但更远的还是我们的约会——
一次又一次，不是被你就是
被我，总之是被一个可能的
理由推迟：米酒尚未酿就，
醉和爱还没走到同一条路上。

你是我哪一条路上的奇遇?
我们共同的导师又是谁?
我们各自的武艺又是哪般?
说爱。说不爱。那都是说说
而已。不要紧的。别往心里去。
我们只剩下被时间剩下的时间。

时间逼我们,不想活也得活
下去:只要你还心存念想——
它沉溺于自身,不同于情欲,
它明白:有是幻有空即实空……
我突然有已不在人世的感觉,
仿佛肝脏在心附近隐隐发病。

我病重矣!女儿的一去一来,
让我在十字路口不知往哪儿走。
我这条活鱼,如今却活在岸上。
我总是锁紧眉头,当我一个人
从公园或菜市场,独自走回家……
孩子,因为你,现在我可怜

全天下的孩子！当然他们也
会长大，也会像我一样经历幸
和不幸。这都是生存的必修课。
醉也好，爱也好，是两个汉字，
而所有的汉字是同一个汉字——
其音形义，令我们嘴唇发麻！

"人间真有醉么？真有爱么？"
春天，那么多花草在互相打听。
风飞来又飞去，不屑于回答。
一个人。其实人总是一个人。
关键是，你是否准备好向万物
敞开自身：不去操心后半生？

2010

月　光

也是菩萨

2012

自 在

自己不在了

2012

念 佛

不出声音

2012

今天早晨

我是被自己哭醒的

2012

回 头

但没有回头路

2012

鸟儿还会飞回来

它早在我心里筑了巢

2012

我们寻找爱情

找到的却是婚姻

2012

最后的话

现在还不能说

2012

钟表停下来的时候

时间才走得更准

2012

天空高不可攀

因为我们都摔了下来

2012

在阿尔

钟声,不知怎么就传进我
耳穴,把我早晨的心唤醒。
来不及睁开眼睛,
我聚精会神地听。
我的身体也缓缓地醒来——
梦领着它又参观了什么地方?
我动了动脚趾,
它们说不记得。
现在钟声更响了,
我居住的小阁楼,
仿佛也嗡嗡作响。
那是我的脑袋在回应吗?
古老的横梁,裂缝也像耳朵。
我想,整个古城都听见了!

包括公园里梵高的半身石像。
天色,阳光,混响的钟声,
让星期六只好懒洋洋。
每周一次的自由市场
其实已在大路两旁铺开。
这一切都可以想象。
我不见得要马上起床,
早餐,工作,出门,
这些都与我无关。
想象一下,教堂的钟声,
几千年来谁还需要翻译?
传进耳穴,心已听见。

2013.2.16

细　雨

二月巴黎，细雨才是主人
细雨呼喊，我就来了
出发之前，我已听见
细雨从醒来的晨曦开始
直到梦幻者嘴角的口涎……
既然开始，就不结束
像塞纳河水不舍昼夜
有时，细雨喊累了
就集体歇一会儿
攒点力气，接着喊……
巴黎人是听不见这呼喊的
所以他们不会带伞
是的，你走在街上
根本感觉不到天正下雨

太细，太轻，太静悄悄
但嫩芽就是这样拱出地面
细雨是巴黎早春的特产
波德莱尔给它起名叫忧郁
我呢宁肯叫它呼喊
它呼喊春天不要忘记人间
年轻人还没有经历爱
但已经准备好心碎
似乎他们已提前得知
春天同时是：花开，心碎

2013.2.20　巴黎

无 题

午餐后，大食堂就空了
人们有说有笑，上了楼
回到办公室，瞌睡或聊天
无聊的日子正好用来闲聊

有山有水的花园也闲下来
山是假的，水真的泻下来
水是绿的，池塘像锈斑
睡莲五朵，坐着参蝉鸣

杨树，柳树，老槐树
蝉就躲在它们身上嚷嚷
午后的安宁放大着蝉鸣
我坐着是唯一的听众

我其实听不出蝉的心情
蝉，不止一只，应该很多
它们有时独唱，有时合唱
它们焦虑的，也是时间

我就在一分一秒的时间里
坐着，仿佛等什么人来
一分一秒对我有什么用呢？
我用它们来烦恼，去爱

2014.8.19

雨 琴

琴没有说话
是雨在说

雨说个不停
雨的句子很长

从空空的天上开始
结束时是一朵水花

雨是老天爷在说话
老天爷想说什么呢?

我以为听着雨声
其实是一曲古琴

2014.9.19

此 刻

我在我不在的某个地方
哒哒哒，钻探声就这样把我带走

歌或哭都不能平息内心
闭上眼，泪和雨仿佛都去了远方

2014.10.14

只有风知道风往哪个方向吹

只有风知道

风往哪个方向吹

只有风知道

你我她都不知道

我们怎么可能知道呢

我们只有听只有听

听着听着眼泪就滚出来

就像青杨树最后撒了手

树叶们纷纷落下来

在生命中这是第几个秋天

我已经不去数它

数它有什么用呢

在早晨这是我第几次用心听

呼呼呼的风仿佛在撕

天空这块虚有其形的布
我已经不去数它
数它有什么用呢
我整个心都被风卷着
风就这样从心尖上
把眼泪吹落下来
在风的旋涡中央
一定有一颗更寂静的苦心
风会管自己往哪个方向吹吗
风只是飞飞飞
虚空的天被它当作海螺吹
风只是飞飞飞
它要知道方向干什么呢
什么方向都是它的
它无所谓地吹向东南西北
它无所谓东南西北
整个天空都是它的
它当然撕不碎天空这块布
风声是它把自己撕碎的声音

2014.10.15

我和我

我不是只有一个吗

我是我的我

不会是你的我

不可能是你的我

但你确实也有一个我

那是你的我

当我们说话时

我是我的我

你是你的我

我几乎是我

我好像是我

我仿佛是我

我恍惚是我

我差不多是我

但我仍然不是我

否则就不会我想哭

另一个我却哭不出来

而我不想笑

另一个我却哈哈大笑

我赶紧去捂他的嘴

捂住的却是我的嘴

我在这儿

另一个我却在那儿

一个在街这边

一个在街那边

喂往这边来我在这儿

那个我于是向我走来

我认得出我来吗

有一次我稍一犹豫

那个我就从我身边过去了

还回过头狠狠瞪了我一眼

我啊我呀我呢我嘛

我天天以我的名义做事
起床刷牙吃饭工作睡觉
我嘛我呢我呀我啊
我该拿自己怎么办呢
我这是问我
我却回答不了我
就像我在做梦
我做的是我的梦
这个我明明躺在床上
那个我却在梦里奔跑
在梦里我比我自由
就像我说话时
另一个我默不作声
甚至看着我祸从口出

没准儿还有第三个我
他没有名字没有形貌
但他跟着我看着我
有点像太阳
又有点像月亮

2014.10.21

我喜欢"无"这个字

无拘无束的无
(这正好说明人
活在拘和束之间)

无边无际的无
(你用手指着地平线
它吓得退了一步)

无始无终的无
(反正人有生就有死
但我也同意灵魂不灭)

菩提本无树的无
(一颗菩提子掉下来

你不抬头看一眼吗?)

无期徒刑的无
但谁是宣判的法官?

我喜欢"无"这个字
说不清是什么原因
我只是喜欢

就像做一夜梦
早晨又睁开眼睛
梦是有,世界是无

这种说法我也喜欢
我喜欢"无"这个字
因为"无"这个字是有的

2014.10

树　枝

树有树枝
就像人有手臂

也有没有树枝的树
就像那电线杆

秋风把树枝上的树叶
当山楂果收走了

于是树枝裸露出来
好像手张开了手指

这些手指在冬天
常常冷得发抖

于是太阳老师

派来了好多太阳光

太阳光像手套
让树枝感到了温暖

树枝是不一样的
它们有的站在树上

有的不知什么原因
咔嚓一声掉到地上

有人到山里来拾柴了
这些树枝会变成火焰

用来烧水做饭
或者烤火取暖

你把树枝画成一幅素描
那就没有人能捡走它了

2015.2.6

世　界

世界是一个逗号

当一个人走路的时候

世界是一个分号

当一个人坐下来歇息的时候

世界是一个省略号

当一个人奔跑的时候

世界是一个破折号

当一个人过桥的时候

世界是一个惊叹号

当一个人看见彗星掠过夜空的时候

世界是一个括号

当一个人钻进被窝的时候

世界是一个引号

当一个人翻译的时候

世界是一个冒号

当一个人说话的时候

世界是一个句号

当一个人死了的时候

世界是一个星号

当一个人升天的时候

世界是一个实心的点号

当每一个人都逃出地球的时候

2015.6

我

我航行在茫茫大海上
迷茫和痛苦成了压舱物
虚无却想把飘零的船掀翻

2015.6

然后呢

一个小男孩
大约六七岁
在大太阳下疾走
他用手拽着一个大人的手腕
他边走边问
然后呢
然后呢
然后呢
然后呢
然后呢
然后呢

也怪了
那个大人就是不回答
孩子偶尔也烦躁
突然换了种口气

爸你倒是说啊
然后呢
然后呢
然后呢
爸你倒是说啊
然后呢
然后呢
然后呢

敢情那大人是他爸
这个人可真怪
他一路疾走
儿子拽着他的手腕
一路不松口地问
然后呢然后呢然后呢

然后他们拐过了墙角
然后我去坐地铁
然后天还是那么热
热得大人们不愿开口说话

2015.7.12

爱上飞这只鸟儿

心门一打开
飞就成了一只鸟儿
一只,两只,一大群
把心思都放飞
只需闭上眼
心思就在飞了
飞已把我准备好
当作一个礼物
献给天空中的你
一种不确定的生活
是的,鸟儿会飞
飞是另一只鸟儿
我此生都爱它

2015.8

风永远不会变老

风是从嫩草尖上诞生的
伴着一粒粒晶莹的露水
风是在树叶们睡觉时诞生的
风的啼哭声把树叶们集体唤醒
风是在沙漠的中心地带诞生的
它饿得一口吃掉了很多沙丘馒头
风是从山谷的幽深处诞生的
溪水急急地跑出来报告好消息
风是从我们的呼噜声中诞生的
它很想听懂人类的一呼一吸
风是从没有风的地方诞生的
没有风所以风就找来了
风诞生后就不停地走啊走啊
一会儿慢跑一会儿快跑

愤怒的时候它跑成台风

跳舞的时候它跑成龙卷风

风不想让我们看见它

只想让我们听见它但

我们知道它无所不在

我们有一个身体所以我们变老

风不会变老它永远不会变老

风会渴吗会累吗会饿吗会死吗

这些它都会但它就是不会变老

因为风没有一个会变老的身体

因为风就是自由这个精灵啊

它自由地诞生自由地赴死

这世界上的一切都是它的

但它自由得什么都不想拥有

它只拥有风自己的身体

风的身体就是没有身体

2015.10

我的灵魂呢？

是谁在问？
是问我吗？

嘴唇动了动，没敢回答
脑子转了转，没找到答案

双腿都感到紧张：想跑？
肚子不争气地咕噜咕噜叫

手脚开始颤抖：是啊
到哪里去找我的灵魂呢？

她在我身上吗？
她在我心里吗？

她就是身体吗?
她难道看不见?

一天过去了
又一天过去了……

苦思冥想,累得想睡
终于睡着了,带着问号

这时,好像灵魂出现了——
你瞧,胸口在轻微地起伏

她就是那口气吗?
她真是那口气吗?

她只顾一呼一吸
她真的没空回答你

2016.3.26

为"不"字写一首诗

你还在风穴寺吗?
不,我回来了——
心却有点儿不想回来

你不想出家了吧?
不,暂时不了——
你不是说我头发好看吗?

你不愿睁开眼睛吗?
不,我正做梦呢
不睁眼,梦就跑不出去

不出家就不能住在寺里
不呼吸就会活不下去
不好好吃饭可不好

戒律里有很多不吗？
不多呀，就五个
然后，就是不二

不二是一吗？
不是一，所以说不二
不二里没有一也没有二

不二里甚至也没有不
但"不二"这个词里
不是有一个"不"字吗？

让我们在"不"字前
加上一个"木"字
它就变成一个杯子

这样你瞧，"不"字
就躲到树身后去了
我们就瞧不见"不"字了

2018

镜子
——致敬拉康

是的！不是什么"阶段"
（天空高高在上
才不管你阶段不阶段呢）
它是一面镜子
只是一面镜子
随便一面镜子
随便用什么材料
玉铜不锈钢或者玻璃
能照出人影，就行
照不出的，不算

是人在确认
这是一面镜子
镜子只能以沉默回答

"好吧我是你的镜子
但更是我的镜子
我是镜子破碎之处
在镜子的每一块碎片里
我仍然是一面镜子
我给镜子留出了位置……"

也不是"镜像"
(镜中有像还是没有?
镜子说了算,你
说了不算)
镜子就是镜子
不能翻译成镜像
镜子是镜子像是像
不要把它们粘在一起
"镜"字和"像"字
它们不想结为夫妻
是两个字却非要结婚
这太不像话
面对镜子我们最好沉默
最好凝视不要说话

你说话镜子就笑

你说话就得像话

不像话的话

就是疯子说的

瞧他们在镜子面前

练习说话

看见自己的嘴

像面团一样

不停地变形

看上去有点疯了

他们听见自己的声音

高低不一

起伏不定

他们好像在呼喊自己

他们听见自己了吗

他们终于受不了自己

他们离开了镜子

没有人带着镜子生活

天空是一面镜子吗

天空不回答你

如果你问个不停

当心天空会用

闪电的鞭子抽你

如果你还不闭嘴

天空就会用轰隆轰隆

把你淹没在雷声的大海里

天空可以像一面镜子

但不要说是

如果你非要说是

那太不像话

天空深处活着上帝

上帝旁边坐着菩萨

菩萨不爱说话

上帝总在祈祷

如果有一张躺椅

菩萨在上面打坐

像一个来访者

上帝坐旁边祈祷

就是精神分析师

镜子像一切

不,镜子里有一切

一切都在镜子里

镜子拥有一切

不,镜子什么都不拥有

镜子一无所有

你想让它挤满面孔

它咔嚓一声碎了

它打碎了自己

它像天空一样

不想打扰任何人

是我们非要照镜子

好像不照就看不见自己

天空能看见自己

天空就是自己

天空不用分裂

天空不需要镜子

天空是无镜子

天空是无天空

所以才叫天空

一棵树像一面镜子

风在那儿量它的身高

一个湖像一面镜子

里面养活了很多鱼

云路过时一不

小心掉了进去

一只鸟像一面镜子

翅膀看见了自己的飞翔

一句话像一面镜子

睡着的人突然被惊醒

一块石头像一面镜子

你只要磨呀磨呀磨

一张画也像一面镜子

它上面就画着一面镜子

万物都像镜子

万物彼此成为镜子

为了照见自己

镜子需要另一面镜子

有人一辈子害怕镜子

害怕就成了他的镜子

镜子得镜子之名
是因为人
镜子照见人的影子
是因为人的眼睛
人不站在镜子面前
人从镜子里撤出
镜子才能返回镜子
据说人心才是生命
自己照见自己的镜子

2019.12.22

偶 数

一只手伸出
被另一只手握住
于是有了偶数

你为什么喜欢
三、七或者十九?
因为我把手抽了回来

偶,是求得的
奇,从偶中出来
像一根树枝伸出墙外

你感觉,二更安全
我从小就失了安全感

一个人越逃越远

这一切都有点迷信
这一切都有点道理
我是奇数。你我

就成了偶数。偶然——
一遇到了另一
二分为一和一

2019

空

听空

听到空里去了

看空

看见天的空了

是的

天是空的

是的空是真的

天真的人

竖起耳朵在听

闭上眼睛在看

空能听见吗

空能看见吗

是心在问

心不停地

把自己空出来

心发出

空的声音

这声音

是从天空张开的嘴里吐出来的

一朵云

一朵花

花蕊在蜜蜂的嗡嗡声里醉了

蜜蜂采了蜜

浑身都是花香地飞走了

飞向空旷处

飞向地平线

从天空的嘴里吐出来的这声音

像听得见的风

像看得见的地平线

夜来了

我们闭上眼睛

这声音

进入我们的梦

这声音里

突然飞来一滴雨

穿过空气的空

直直地坠入湖中

像一把剑

刺破水面

第一圈涟漪突然醒来

一圈一圈

荡漾开去

好像水身上的空

也被唤醒

一圈比一圈扩大

最后消失于水中

水也是空的

水回归平静

平静是另一种空

空在哪里呢

屋顶上的空

那是天空

屋顶下的空

那是家庭

我们在空地上

盖房子

我们在墙里

嵌入一扇扇门

我们想把空挡在门外

但我们一出门

屋里就空了

门吱的一声

风溜了进来

风是空的身体

空是什么呢

空是一个字

空不是一个字

因为空不在"空"这个字里

空不需要"空"这个字

空是一个永远空着的位置

空自己坐在上面

但我们的肉眼看不见

空是空这个位置的主人

它邀请所有可能的满来做客人

是的满只是一种可能

"空"这个字的角色

就是为空留出一个位置

就像今天为明天

留出一个位置

明天也是空的

我们活在今天

我们必须活过今天

才能进入明天的空

今天和明天之间

需要一个夜晚

需要一个梦

梦让一切变得可能

因为可能总是可能的

就像空总是空的

所以空空

空在哪里呢

空就在"空"这个字里

空就在连空也空了的"空"字里

空是一个移动的位置

比如一把椅子

比如一朵云

比如一个湖

湖是水做的

空在水面之上

云是飞翔的

空在飞翔之时

椅子是用来坐的

空就是坐过的每一个人

更是离开的每一个人

人离开了

椅子自己坐着

云消散了

天空自己空着

水流走了

湖变成了空湖

是的"空"字命名了空

但就在命名的一刹那

空已从"空"字里逃逸

空逃到了"空"字的周围

"空"字里面只剩下空

"空"字反对自己

所以空空

2020.6.19

辑五：雅歌（2013—2015）

雅歌 1

我们的车开向前方

难道那就叫未来吗

从沙溪移向湖州

当然还得求助于轮胎

道路转动的时候

大地上的一簇簇灯光

像精灵们围在一起跳舞

今天有人问我为什么读雅歌

他不知道我在为你写

心里的爱能写出万分之一吗

夜色把黑暗都变得温柔

这一寸一寸的路途

盯得我眼睛发酸

一个人还情不自禁地落泪

你说是为了谁

你说这天空中一闪一闪的

是灯光泪光还是星光

你只好高高地照着我

就当我是一片失眠的树叶吧

一缕光就给它满身幸福

我不应该羞于说我爱——

我甚至爱你的不在

我甚至愿意忘记未来

仿佛前面的路全是记忆

仿佛未来就是眼前

雅歌 2

我醒来的第一个念头,就是
念你,因为你不在身边。
我只好用念来迎接你,仿佛
你正在到来,仿佛你已经
住在我心里。是那个不在的你,
让我从晨曦中睁开眼,是那个
在的你,让我发现身边空空。
整个西湖就在眼前,风儿
也不愿惊扰她水一般的睡眠。
鱼和船都泊在安静深处,
这些香樟树叶与我有缘。
这个杭州存着你多少往事,
像沿岸的柳丝一样密匝匝。
我来到你不在的这儿,

就是为了更深地念你。
你肯定在这儿或那儿,
无论我入睡还是梦醒。
孤山不孤,因为正等我,
断桥不断,脚步声相续。
你呀你呀,那么远,隔着
山水,那么近,如同呼吸。

雅歌 3

六点钟,天空把我蓝透
凭什么?它的辽阔和虚静
我为什么这么早早地醒来?
我的嘴唇上为什么有甜味?
噢,伟大的美梦,爱——
我醒来是因为梦见了你
我梦见你是因为我会做梦
就在我以为一切落空时
你却笑着出现在我眼前
这就是太阳的隐喻吧
但你美妙的名字叫月亮
爱你,就是我后半生的事业
对你的挂念、操心和祈祷
充实着我每天的每一件事

此刻，我望着天空的一无所有

想着我此生的一无所有

是的，我仍然两手空空

但上帝把月亮都指给我了

是的，我仍然心存念想

菩萨说你就念这一个人吧

世界上有万物，你是一

人心中有万念，你是一

在我飞满梦想的心空中

只有你叫月亮

其他都是星星

我，一粒微尘，一缕风

就让我在你周围飞吧

因为你是发光体，你是！

雅歌 4

我知道　当上帝

为相爱那么深却不能

相拥的一对身心

悄然叹一口气的时候

月亮裂成了两半

"月"字和"亮"字

不再挨在一起

我数着　滴答声

从悬挂的心脏漏掉

泪水　贼一样

也一再溜出眼窝

大悲之后　若能大爱

那是菩萨慈悲：想让

一条鱼从岸上回到水里

月亮之上　更显空旷

爱　就是虚无化身为云彩

我能赌哪一朵云呢？

那远的　便是近的

那虚幻　正是未来

雅歌 5

没听说月亮是红的

但是你看　月亮

此时此刻　就是红的

谁给月亮涂了这红色？

我的菩萨？你的上帝？

哦不　应该是光！光！

天上只有一个月亮

红月亮该是人的心脏？

但是你看　天色

还在白昼　一片红光

你们都把月亮看成月亮

我却把月亮抱在怀里

雅歌 6

你说把爱锁在心里吧

好吧我这就把爱锁进心的抽屉

我这就把钥匙托付给你

但你能找到藏钥匙的地方吗?

你也只能把它藏进你的心里

钥匙万一丢了该怎么办呢?

钥匙不用万一生锈又该怎么办呢?

"我的心又在哪里?"

我闭上眼睛问自己

我是个无心的人啊

我不用心已经好几年了

我不用心是因为对爱不再有信心

我不用心是因为那颗盈满爱的心

已被闺女带走

她飞到天上就成为空了
月亮　亲爱的月亮　你从天上
把我这颗灰尘里的苦心唤醒吧

雅歌 7

我喝了酒　乘着风去机场
有人送我　没有人送我
喝酒时让我醉的　却是爱
它是一个字　它不是一个字
我们欲言又止
活着　当然好
但如果没有爱把日常腐蚀掉
我们活着又有什么指望？
我　一个爱的虚无主义者
却不得不被波涛淹没
风呀水呀　怎能不起浪？
波呀涛呀　我情愿为你昏了头
酒醒之后　你的面孔灿烂
我情愿在你的微笑里融化

爱啊　永远抒发不完

生命　不就是为了赴这个约吗？

至于爱人是否真的到来

我们完全可以再说

雅歌 8

今年以来　我一直飘着
四海为家　把一颗心系在月亮上
从东到西　从南到北
月亮也是飘着　四空为家
天空哪有东西南北呀
在地球上活着的众生
已经分不清灯光和星光
我为什么还要苦苦地抑郁着？
月亮　月亮　你可有答案？
其实我不是活不下去
我只是想活得更好
"更"这个字让梦做不完　永远
我现在沿着湖岸走着
湖水为闪光的琴声颤抖不已

多少风呵　扑到我脸上

我的怀抱再不会空空

月亮　月亮　这只能是命

它让我哭泣着　却又醉倒

你那双鸽子般的眼睛

别人没看见　却被我认出

雅歌 9

喜欢住在这里

纯粹是因为这个小花园

我总是清明节后来到这里

仿佛专门为了平息心绪

早晨　鸟鸣把我唤醒

让我一整天都活在明亮之中

不管做什么现在我

都能在心里找到无悔

我喜欢一圈又一圈

在清净的小花园里散步

小径是用卵石砌成的

踩在上面脚底很有感觉

青苔这里一丛那里一撮

把卵石缝抚摸成柔软

绿色是春天的心意吧

每一棵树都是见证人

每走一圈我都闻到桂花香

风儿这些调皮的小孩子

不在幼儿园里学唱歌

偏要到树叶丛中捉迷藏

他们跑起来的时候

满园子都瑟瑟响

一条石凳挽留我

与它一起坐一会儿

我还有什么心事好沉思呢

我满心都是笑盈盈的你

我俯身捡起一片刚落的树叶

生命的每一刹那都有轮回

墙外的街道传来孩子喊妈的声音

我多么向往生活气息中的人性

我又多么满足于此刻一个人的安宁

用心念你吧似乎这成了

我最隐秘的爱你的方式

雅歌 10

布窗帘一点点亮起来的时候
我发现是一群小麻雀的叽叽喳喳
把我从酒后的睡梦中讨论醒
昨夜存在过吗？这样的傻问
反过来证明一群诗人把昨天
过得多么不是日子　而是
难于上青天的幸福　它的要素
是酒　友谊和欲盖弥彰的暗恋
因为你　那明晃晃的挑逗失效太快
像开错了处方的过期药片
因为你就要从青天凌空飞来
对我　这就是明天的唯一正事
麻雀们呀　不要把内心的讨论会
开得太久　你们再吵再闹我也不让

心乱　这世上　妙句迭出

如纷纷开败的爱情花

此刻　我闭着眼睛听外面的声音

是的现在是一声声鹧鸪

我知道　天空正辽阔地醒来

多么有意思的江南　每年四月

都把我邀请成一只候鸟

你将从哪一片青天飞来？

飞机在青天划下的航线　当然

比我对你的念想　要浅一百倍

一千倍　应该还不止　人心

多么亮堂　当爱太阳般照临

天空一片虚无　用深邃见证了

有情的一切　包括爱与不爱

雅歌 11

凌晨四点　群鸟已聚在窗外
调试各自的嗓音
把田野搞得欲睡还醒
酒　一如昨天　伴我入梦
同禅师的一席深夜谈
把酒气转化成了茶香
我用耳朵听　用眼睛盯住
安静　用心辨认妙音
一切浑然　梦者不识
其梦　而只是梦着
怎么活？如何醒？全赖一声
呼吸　而呼也是吸
麻雀也是布谷
随着时辰　布谷鸟一声又一声

布置满天的晨曦进城

冥冥之中　一天又诞生

我被一个月亮拿走了迷茫

灯笼红火　一定有远方来客

我观想着你声音中的笑容

观音　观音　一尊美菩萨

雅歌 12

布谷一声一声　替我唤你的名
我闭着眼睛　我刚刚睡醒
一夜无梦　为什么醒来全是你？
我一呼一吸的鼻息全是问题
布谷鸟　你是在应答我吗？
一声一声　仿佛云升上山顶
刚刚睡醒　我不知身在何处
我还想闭着眼睛潜回睡眠
这世上最美的是爱和情
轮流把蜜和折腾给予人类
仔细听　现在是雨滴声
小狗的吠声　我的呼吸声
这么多雨脚都要去哪里呢？
雨声若有若无　那就是有

布谷一声一声　唤你的名
这睁眼之前的心是大清净
我终将一无所有　除了呼吸
我就凭这一口气来爱你吧
每一天都是念你念来的
我想　是神命令我爱你
给余生一个结　封住死
因为爱就是让人死心塌地
跟着一股风　哪儿都敢去
我是那么分分秒秒地念着你
我一开口　就喊你月亮

雅歌 13

我听到一个问题：我是谁？
亲爱的月亮　是你在问吗？
你是在问自己还是在问我？
风会回答吗？云会回答吗？
我不知道　如果问题
能自己回答自己　那就好了
那个问号真像一只耳朵
耳穴里进出的是风和云吗？
此刻我在出租车上　我闭目
自问：我是谁？我要去哪里？
右手不放心地摸了一下左腿
我摸到了布！我和我自己
难道还隔了一层布？
我睁开眼　开车的是司机

他真的知道我要去哪里吗?

但我确实坐在他的车上

坐在呼哧呼哧狂奔的轮胎上

我扪心自问：我在想什么？

我在想"我是谁"这个问题

但是　亲爱的月亮　从早上

醒来　我想的一直是你

你是我说出爱的那个人

你是我说不出爱的那个人

我只是爱着　并且深信

你会感应到　至于"我是谁"

亲爱的月亮　你一定知道

雅歌 14

此刻　窗外一闪一闪
像是要把夜间的天空剖开
让我看看它的心在哪里
雷声应该就是心跳吧
轰的一声　隆的一声
现在上帝把雨点洒下来了
这条街道已经干渴了一天
此刻　我静心　坐着
我也把赤裸的胸口敞开给闪电
但是　我的心又在哪里呢
我悄悄呼吸着谁的名字
灰蒙蒙把天压得很低
我知道月亮上升到更高的地方
灭了灯的屋子其实亮着

我感觉身边有叶片颤动
看上去　身体已经睡了
但心醒着　如同这些闪电
亲爱的　不管你多么遥远
对我的心　你就是最近的
你就住在心的房子里
胸膛是心租的房子吧
我让呼吸在屋檐下等你
我甚至想　我的心就是天空

雅歌 15

风吹得清爽

云淡到没有

我看见整个天穹蓝得深浅不一

汽车声在二环路那边隐隐约约

不像这些蝉

高一声低一声　断了却又续上

此刻我就在这多声部的交响里

坐着　读一本书

仿佛书里还有另一个天空存在

眼前这一动不动的蓝色中

最动人心弦的就是那空吧

我闭上眼就看见了你

你的醒来　你的咖啡

你拿起又放下的放大镜

你感慨地说你有点老了
其实你的无忧就是年轻
亲爱的　这清爽的风
这喜鹊的脆叫　还有这夕阳
满铺在湖面上的灿灿金光
他们都没有年龄
他们无拘无束地表达着内心
你瞧　构成天和空的
除了声音　就是光和影

雅歌 16

一进书房,里面竟然一大片亮光
月亮,是你派来了月光姑娘?
伴我读书?还是报告消息?
我一直盼着你动身的日子
月亮,天空的心圆了
因为大地上又有人相爱
月亮,这张高高的美善的脸
让所有仰望者尝到甜
那些低头操心俗事的人
正在错过生活中发光的部分
柳条们都渴望抬起头来
风一次次吹拂起它们
湖水安静得像一个梦
那些鱼肯定不会早早入睡

白天就是等待的代价吧

只要你在，亲爱的月亮

我的日子就不会落空

如果你圆满，那么大海

也会把潮水涨到天上

窗口温暖地呼吸着你

夜间的儿童笑闹在一起

我在公园里走动的每一步

仿佛都被你看在眼里

这不，我还来不及开灯

书房已坐满你的月光姑娘

我明白，是你在邀请我

坐到窗前，不是翻开书

而是把眼睛，把目光中的爱意

像第一次那样望向你

月亮，这满世界的独一，无二

雅歌 17

开心或心烦时,亲爱的
我就会从微信把你的照片
找到,点开,再把它
一点一点放大,直到
放到最大,最清晰
不为别的,就为了
好好看看你,听听你
对世界发出的温暖的笑
照片上,你笑得那么甜
仿佛上帝刚给了你什么
好东西!周围的墙壁
被你笑得有点不好意思
墙上古老的吊钟肯定看见了
你看那秒针正微微颤动

你是在自家的书房吧

我曾在那里安静地读书

其实你本来就爱笑

但照片上的笑一直在笑

仔细看照片，我发现

你的秀发在脸庞的两边笑

你的额头在眉毛的上面笑

你的眉毛在笑

你的睫毛在笑

你眼眸里的笑是闪光的

笑让你露出洁白的牙齿

你的整个脸都在笑

你的整个脑袋都在笑

你的整个身子都在笑

你白衬衫上的三颗纽扣

也跟着你的笑一起笑

亲爱的，看见你笑

我烦恼的心不再烦恼

我开心的心更加开心

当然，你也爱说话

但你居然把"止语"

当作今年的修行课

雅歌 18

雪好像是从昨夜开始下的

但我隐约听见的是雨声

早晨撩开红窗帘

花园里白得晃眼

雪把世界变得浑然了

花园,这洁净圆润的美人

正睡在雪的暖被窝里

雪粒无疑是冷的

我内心却感到温暖

盘腿坐在窗前,我看到

有个小男孩在奔跑

手里举着小雪团

父亲佯装害怕地躲闪

更多的大人学习企鹅

缩着身子，走得小心

那两棵大树，我指给你看过

正好站成一道大门

雪花不停地往门里飘落

雪地安静得让人迷茫

我心就像这座修道院

眨一下眼就回到六百年前

雪似乎也在我心里下着

我均匀的呼吸就是虚无

整个世界是安静的

尽管枝梢摇晃着鸟巢

雪越下越大了，好像

从天空往地上急行军

你呢飞来飞去像只候鸟

我呢盯着窗外像个修道士

下雪如同祈祷

天地就是教堂

卢森堡公园此刻该有多美

雕像们因为惊喜也许都已复活

他们的眼睛看着灰鸽子

在雪地上踩下爪印

而铁椅子们正抱怨寒冷

这一切当然都是想象

我想象布拉格也在下雪

毕竟天空属于每一个国家

雅歌 19

我心　向着月亮
我只能这样　亲爱的
你说我该怎么办呢？
月夜下　我伸出双手
我的十指触到了月光
亲爱的　我真想捧一捧
你月亮一样洁净的脸庞
但是　手又缩了回去
因为泪水瞬间冲出了眼眶
假如我能用掌心接住
让它们不摔碎
我愿意把它们献给不存在的神
爱神　只进出人类的心
心也像月亮　圆了又缺

只有时间之神　能让她

在轮回中重新变得圆满

在我身边空飞的风啊

我不愿你们记得我流泪

我只求你们把泪光中的爱

捎给那比高还高的月亮

是的　你们能飞那么高

是的　在你们飞翔的途中

月亮会停步　因为她

也想知道一颗心的消息

爱　这是人类多大的福祉

但又是多大的磨难

因为爱需要一个身体

辑六：十二行诗（2020—2023）

团 山

莫名其妙，到了团山上
石阶把我送往高耸处
喘息时，回头惊见洱海
那是我心：凭空涌动

多么惊人！太阳光和风
正翻开洱海这条大鱼
这么多亮闪闪的鱼鳞
白云仿佛也被金银迷醉

看吧！这莫名的内心
何其妙哉！不可思议的
团山是圆的，我没能
一步一步登上它的山顶

2020.11.12

苍　山

我没登上去过，尽管
左右两侧都有索道——
不留脚步的攀登，似乎
冒犯千百年的鹅卵石

感通寺万佛寺和寂照庵
同一条山路串起它们
佛珠是那些剃光的脑袋
十八溪都念六字真言

晒着太阳，我用小日子
给苍山的脚背挠痒痒
凝视着担当和尚的"暂寄"
该明白山腰为何柔软

2020.11.14

一哭
——送陶春

也就是一哭!做不了别的!
老弟,你走得太突然——
上班途中,刚到门口,
死神一下子把你摔倒!

"一颗不倦探求的灵魂"
突然爆发出一声"噻嘣"——
你创造了新的"c'est bon"
真棒!是诗神在天上喊你

一哭!念你名,我在泸州,
中午刚喝过酒!小酒仙啊——
你竟留下这样惊人的启示:
"再突然也比不过突然一死"

2020.11.16

暂 寄

此地暂寄,告一段落了

担当①已卸下重担,我仍然

必须把一条心路走到底

沿途客栈,偶尔可以一歇

可不要被路边的花草迷住

每一条道路都像一条蛇

尘土偷吃了脚印,没有人

相信一棵树正含泪飞奔

父母给了我路过人世的

---

① 担当(1593—1673),俗名唐泰,后出家为僧。诗画皆佳,尤精书法。在圆寂地大理感通寺,尚存他的书法"暂寄"。

机会。风景只是一种挽留

苍山一别再无别的苍山

从此千山万水就只是路过

2020.11

敲　敲

打打！鼓点，鼓点，从天
而降，或者说从耳穴坠入
心的无底深渊……然后歌声
冒出烟来，从莫名的门缝

鼓点鼓点……用手用脚……
然后是话语。见鬼！谁能
听清？听得出什么意思？
最没意思的话只剩下意思

一个人醉了，酒劲给了他
另一双眼睛。拒绝看这
见鬼的世界！何必扶他——
不如陪他在路牙子上醉卧

2020.12.1

五塔寺

太阳覆盖大城,阳光
像一层薄得不可触碰的
膜。车汇入河流,与
前面轮胎保持一段车距

树叶继续砸向地面,风
比昨天猛,其实谈不上
无情。一棵树就这样
出生入死,年年如此

抵达五塔寺,看来需要
钻过整座城市的肠道
人间真的消化得了佛法?
我五指张开比如五塔

2020.12.7

禅定寺

禅定寺内都是坐化的
肉身：闭上眼才能看见
禅定寺外都是奔走的
脚印：到家了才能歇息

禅能把人定在寺庙里吗？
那得看你打坐的功夫
一张脸变幻七十七个灵魂
一行大雁把诗写在天上

一小碗面片汤（手擀的）
喝完后，身心舒服得
就像刚从禅定寺上下来
还碰巧摘到一只苹果

2020.12.10

突 然

"眼睛突然就出汗了……"
你知道,出的不是汗
而是泪,或者泪水——
你我都明白什么原因

诗提前解除了语言的
对或错。不诚、不真——
一个诗人肯定贬值
怎么办?你说怎么办?

"很久没有这么伤心了!"
如今伤心都伤不到心了
雪绒花在吉他声里飘
伴着灵魂,升到天上

2021.2.7

春天

——赠安娜伊思

是的,眼下正是春天!樱花
拼命似的让自己饱满、爆炸……
大理风大,仿佛天空也会嫉妒
花瓣乱飞,水面被染成血红色

樱花谷的溪水啊悲伤得流不动
是的,春天就是昨天和今天
命运的残酷啊你没有什么改变——
只好哭你,唱你,花的春天

大叫一声!骷髅头不会醒来
你唱歌的姿态足以让声音迷醉
是的,春天就在眼前!你的
歌声要把花的悲和伤传遍人间

2021.3.25　大理

记　得

记得是记得自己的！
但抑郁症像一条恶虫
蛀你的肉蚀你的骨
记得啊，你可要记得——

红鞋子的光，口红的
光，黑狗一闪的光
小橘灯里空空的光
红酒杯里微微醉的光

你是"被光绑架的人"
"一睁眼就是绝望"？
只好硬扛！记得啊——
光，始终在十字架上

2021.3.28

鸟　鸣

听见第一声鸟鸣时
好像只有一只鸟在叫
心和眼还没有醒来
一声两声，彼此呼应

鸟鸣渐渐多了起来
仿佛催我起床。早晨
安静如梦，怎样的梦
可以安慰一颗伤心？

鸟鸣声也有悲和伤
它们终于连成一片
无论如何，我会倾听
我会倾听，无论如何

2021.3.30

下　坠

高楼、桥、塔还站在那儿
从上面摔下来的人越来
越多，从伤口流出污血……
不管是谁，不管什么原因

报道文字是一样的：坠楼！
你曾经凑近，看了一眼
砸瘪的脑袋和溅上墙脚的
脑浆……想到还有不少人

要把"飞一会儿"当解脱
你的眼睛就不忍心望高
是谁把人逼上高处？即使
没有跳，人们仍在摔下

2021.4.22

没 事

在海南岛漫游。没事我
就看天,有空我就讲笑话
凝视或大笑,都能让道路
因为快乐的痉挛而缩短

路边,众树都想高高出头
为了阳光,椰子树把脖子
伸得比长颈鹿还长!我
总是看天上的白云着迷

老天爷排演的戏剧,谁能
真正看懂?蚂蚁不知道
人的巨掌何时踩到它身上
白云出场像一个个人物

2021.5.14

幸 福

算了！幸福并不稀罕我
满世界都嫌弃失败者
我是我不想见的那个人
我的青春被幻想绊倒

不过也活到了五十六岁
这是个明白无误的数字
心，总是惦记着亡友
遗忘的难处是忘不了

我打算算了。但生活
还想算计我。失了幸福
那我就不幸福地活着
幸福有时是一个烤红薯

2021.5.19

解 决

每一天你都想解决生死
又解决不了。只好每一天
解决一点点,像一寸寸
光阴拔掉我们一根根头发

它们灰白的速度令人吃惊
梦想从珠穆朗玛峰顶上
被生活一步步拽了下来
剩下什么?满地蒜皮鸡毛

你只能以鸡毛取暖,用
蒜皮治病。你无法清除那
总想解决生死的怪念头:
你还活着。活着就得受罪

2021.5.22

荔　枝

没有比你更过分的蜜汁了
刚撕开个小孔，她的嘴
便急迫地前伸。谁都知道
你是一个饱满的甜乳房

虽说品种不同，核有大小
人们爱你，因为你新鲜
因为你难以保存。冰箱
发明之前，保鲜时间太短

你美！美人们就更爱你
能想象吗，那个杨贵妃
在寝宫里翘首以盼，而你
快马加鞭生怕在途中腐烂？

2021.5.23

麻　雀

它站在雪上（最后的时光）
细爪已站不稳，颤抖着
它朝天空呆望了一会儿
然后身子向右倾斜，倒下

寒风吹开它的羽毛又合拢
它的脑袋弯曲，脸贴地
倒下的一瞬，尾巴和翅膀
突然翘起，然后又垂下

最后它静静地闭上了眼睛
像一个人，像每一个人
它的小身子是如此无辜
放弃了呼吸。它只能腐烂

2021.5.24

叹 息

不眠之夜,就像雷鸣
令失眠者为之心惊!
看着你的脸,看着
你的笑,眼泪,泪眼……

我睡不着也不想睡
9月30日:一个日子!
谁也不知道还剩下
多少日子!人在人间

死总会找上门来。你
喊我哥的嘴闭上了
你脸上的微笑羞涩得
多么含蓄,像无辜

2021.6.11 凌晨

梦 湖

水醒了，齐刷刷的，
像倏然一闪的长睫毛。
那块卵石是谁扔的？
水一圈一圈，张大嘴。

水撞击岸，也像亲吻。
柳枝条儿频频招手，
邀请到了一对鸳鸯。
没有比午后更安的静。

太阳终归要来照临，
它安排大地出夏入秋。
落日把黄金赠给水，
而湖面想把一切封存。

2021.6.24

影 子

这个影子是我的吗?
确实,我有一个影子——
有时好几个。这个
影子认得那个影子吗?

我站直,影子却斜躺
我跑,影子也跟着跑
看不见月亮的黑夜
影子们躲在哪儿呢?

影子也呼吸吗? 我
死后我的影子也得烧
成灰吗? 放心! 影子
早带着灵魂飞没了

2021.6.24

路 过

每天下楼,或者不下楼
只要出门,你就会路过
这些事物:街道、树、
走走停停的人和汽车……

不路过是不可能的:风
迎面扑来,太阳在高处
心卧在心窝里,目光
生出爱、喜悦或悲愁……

整天宅家,是为了和
自己相遇?人生就是
路过吧。走你自己的路——
路过谁都不如路过自己

2021.6.25

一 朵

一朵云，一朵花——
这是人们最先想到的
一朵天？一朵地？
天上会滴下一朵水吗？

人们一般不这么问
云和花于是悬在空中
红苹果可以叫花牛
一朵也可以是麦积垛

麦积山上的菩萨知道
一字开了天，地上
就有人走，就有花开
一朵就是一朵一朵

2021.6.26

还 在

这是最让心安稳的回答
尤其当问到人心、天地……
实际上,很少有人这么问
在了,人们便不在乎还在

房子卖了,大理还在
云飘散了,苍山还在
别忘了当一切都失去时
陪伴你左右的影子还在

不是星星眨眼,而是你的
眼皮,星星丝毫没有移动
站不稳的是我们的脚跟:
人走远了,但脚印还在

2021.7

你 听

窗外又开始下雨了
这是你直觉到的
天色一下子转暗
风用软身子撞墙壁

风声告诉你:不用
看,窗外已是雨的
天下。坐在屋内
我仍然静心看书

现在没有什么响动
能把我的目光从
字上移开。雨想下
就下吧!我听它……

2021.10.9

风 马

风可能是马，也可能
不是。风是风，马是马——
如果你说风马牛不相及
我要告诉你风就是马

云马在天上，你看见了
马云在地上，是个奇才
群马奔腾那是西北风
灌满了每一个胡同口

风的吼声像是马疯了
它一头撞碎了玻璃窗
它把龙直直地卷到天上
它飞奔是因为风正抽它

2021.11.1

拈花寺

云在天上，不为人知地
飞。拈花寺在身边。你想
进去。你抬头望了望天
白云对你微笑，仿佛花开

开车的是个陌生的司机
他当然不明白你为何非要
造访此地。他只负责赶路
进去吧！虔诚心在催你

拈花寺本来建在灵山上
闭上眼，你的心在微笑
手指和手指，拈着花和花
膝盖和膝盖，并拢了跪拜

2021.11.13

欲 哭

你体会天空此刻的心境
乌云乱飞,把它的脸
扭曲得很难看……但是
没有雨,没有雨倾盆

一个人大哭过几次,你
如今只剩欲哭时的无泪
其实,你想哭就哭吧
是苦笑掠过你的嘴角

如同欲飞,却没有翅膀
欲望:你想望见谁呢?
雨现在下了!无数针
落下来落下来扎你的心

2021.11.16

大　酒

酒无所谓大小，酒就是
酒。杯或盅，有大小
大碗喝酒，大口吃肉
大摇大摆如同占了天下

你喝高了，喝嗨了，酒
才能变成大酒。所以
孩子变成大人，不光是
年龄的事情，心变了

大酒把酒溅上了星空
大人让心坠入了尘俗
大不了把命托付给酒神
大不了做一大梦再醒来

2021.12.10

本来寺

本来是没有寺的。泥瓦匠
来了,砖头便站成了寺
管寺的僧人叫如幻:就是
说马一浮所记只是一梦?

给本来建一座寺:本来
买账吗?本来又是从哪里
来?"寺在灵隐东南二里"——
那是一座寺,不是本来

本来肯定是在的,如今
已成本去。所谓行脚无非
来来去去:无去来处?
本来寺来过,本来却没来

2022.1.8

奉化江

江水被两岸夹在中间
这边是树,那边是楼房
水面上除了波动、波动
平静得如同天下太平

一只驳船吃力地驶近了
如果不是蜗牛般前行
你会担心它将沉没水中
水被船头冲开,它的

身体都是水。更多的
阳光躲闪进流水的褶皱
船尾一面红色小三角旗
飘着飘着,看着沿岸……

2022.1.16

坠 落

对，不是堕落。我写得
清清楚楚：坠落，而不是
堕落。堕和坠是同义词——
同的是方向，而不是价值

着地时，一只翅膀折断
另一只还翘着，但没用了
天使摔坏了！出不了声
两条腿侧卧像叉开的剪刀

无从考证：她是从多高的
天上坠落！警察拉起了
警戒线。人们路过时驻足
看着她就像看一个装置

2022.3.2

悬空寺

雪纷纷,雪纷纷飘下——
是来人间建悬空寺吗?
大地此刻的主人叫白色
一棵树是一个白发老头

云粉碎成了雪!麻雀
早找暖和地方躲起来了
白色把一切抽象成空间
大楼们站在虚无之上

如一座座悬空寺。雪
置身于更多的雪,打坐
神仙是窗口里的身影
操心着明天一大早出行

2022.3.18

恋爱脑

今天的雪下得有点吓人
噼里啪啦，噼里啪啦……
满天飞，像掉银子似的
你低头却找不见一粒

有只雪豹猫溜出家门了
左一脚右一脚，踩出
一窝一窝的脚印。它
纳闷：我到了什么地方？

有个姑娘欣喜于雪墩墩
说她这几天脑壳总是
隐隐作痛，感觉春天
来了恋爱脑又要发作了

2022.3.18

皮 带

一根皮带躺在床上
床上覆盖着白色床单
瞧它在动！它动了——
把自己游动成一条蛇

想象一条黑蛇在床上
游动，皮带头睁着眼
这有点吓人，但也
优美、柔美、柔软

它把自己团结在一起
它用尾巴打了个卷儿
它当然不是个女人
它只是一根黑皮带

2022.4.30

断　肠

据说，这个日子诞生爱——
鲜花、亲吻、金钱、誓言……
无非再次见证这句箴言：
人间除了渴望，没有别的

幸福！大提琴重重地压着
拉它的姑娘的胸口，她
喘不过气来，闭上眼睛……
心的泵喷了太重的血，给

柔肠！轻盈的薄纱怎能
禁得起小提琴飞出的刀片？
悲伤一直是音乐的灵魂……
心明白：弦还在，肠已断

2022.5.20

蛙　声

谁知道蛙声是什么时候
演变成一场音乐会的？
路过时，青蛙们邀请
我坐下，在一把空椅上

这边呱呱，那边哇哇……
多少象声词也模仿不出
青蛙叫声的节奏和多变
荷塘在眼前，荷叶能

睡着吗？树影在半空
夜色把它们晕染成水墨
闭上眼，我心跟着呱呱
树和树，当然是亲人

2022.5.28

企图

——赠老车

是一张什么样的图？首先
应该是一块太湖石，它
被画成了兽人妖仙怪神……
它一出现，天就烟雨蒙蒙

其次，它是一幅水墨画
谁画的都没有老车画的灵……
老车画灵，其他人画石头
我刚说树，他就竖直了

毛笔，从下往上飞了一下
最后，它当然成了一首诗
谁信呢？老车翻开诗集
找到它，默声念了起来……

2022.7.9

注 意

看上去平滑的广场上
有三块地砖凹陷，碎裂
凹处积了灰土。周围都
是平整的。没人注意

另有四块，钻了七八个
星星孔，显然上面立过
圆柱，其中一块四碎……
有人路过。没人注意

红色铁牌子背后，坐着
个小伙子。他正打盹
手里还攥着手机。蚊子
叮他脚背。没人注意

2022.7.10

时间塔

就是水涌上去,淌下来
就是灯光闪烁,灯光熄灭
就是有人路过,有人消失
就是风吹过来,吹过去

水做的塔,灯影做的塔
木头砖头石头垒起来的塔
血塔肉塔骨塔光塔骷髅塔
一层塔三层塔无数层塔

塔里有什么?塔里有时间
时间有什么?时间有尽头
尽头有什么?尽头有空
空有什么?空有时间塔

2022.8.28

循 环

歌自己唱着,循环……唱完
一遍,停几秒,又接着唱……
一个人躺床上,他满脸是泪
泪水也循环,自顾自流着……

多么伤人的歌!不知谁写的
唱着衰老:仿佛时间叹息
仿佛喉咙已打磨过万千情感
循环。时间循环。每个字

都被这嗓音灼伤。那个人
想念着另一个人。没有什么
是歌声不能抵达的!星星们
就这样传递着彼此的眼神

2022.9.19

深 渊

你站在哪里都面临深渊
只是眼睛看不见。你的心
却能隐约感觉到。你忽略
红绿灯,就可能被撞飞

因为你低头看手机。如果
你丢了手机,你将寸步
难行,甚至连自己是谁都
证明不了:除非携带了

身份证。深渊一直就在
悬崖边,更在身心之间
睁开双眼,天空即是深渊
竖直耳朵,声音即是深渊

2022.10.18

躺　着

这棵树不是自己想躺着
是握着铁锹的民工迫使它
倒下：歪斜的姿势挺难受
像一个人病危时分的脸

用手一碰，树壳就会掉落
树枝上的叶片也都枯黄
阳光暖暖地盖在它的身上
它将化身为冬天的火焰？

不止一棵。沿着这条路
一整排的树都没能活下来
缺水？还是土里缺营养？
刚挪来，这棵树就不想活

2022.10.21

超然山

游超然山,最入我心者——
梅也!梅树多得数不过来
宋梅苍老,唐梅反倒年轻
东坡心苦,李太白欢醉

最令我钦佩的还是吴昌硕
葬于此山:日日与梅相伴
他也有六瓣的梅花之心
安于超然之香。在墓前

我献上一颗熟透的甜枣
归来这么多天,心还系在
超然山上:唐宋随风去
据说今年第一朵梅花开了

2022.10.24

广济桥

过广济桥前,先在桥头一侧
遇见一尊雕像:是陈守清
此桥建成于1498年,全靠
这位宁波人舍命募来的资金

他"经商","生卒年不详"
在广济桥上,我一直纳闷——
这怎么可能?每一块石板
都记得!路过的河水也没忘

大运河上唯一大跨度的七孔
石拱桥:连接水北水南两街
五百年长,抽刀难断流水
五百年短,灯笼见证兴衰

2022.10.24

一棵树

这是秋天的一棵杨树——
一些叶子落了,另一些
还挂在枝上。看树的人
明白:树叶将会落光

树叶自己也知道。死
活活包含在生中:芽苞
就是这个意思。落叶会
腐烂,重新回到树上

秋天有无数这样的树——
叶落,树干长得更粗了
枝条抓住了更多空间
更多的天光洒落到地面

2022.11.4

皱　纹

长在额上的皱纹，一熨
据说就熨平了，像熨衣服
这是技术手段。皱纹长在
心上，请问你怎么熨呢？

额头开阔，像人生高原
川字纹最惊人：时间的河
从那里涌过，岁月的轰响
就是那里的千军和万马

脸上长出法令纹，老年斑
是同谋。相比之下还是
白发可爱：怎样的染发师
才能一根一根染白黑发？

2022.11.5

鲜花寺

鲜花寺主要由香气建成
鲜花们都成了入门弟子
迎春花早早打坐,绣球花
沉醉于盛夏,桂花随秋风

飘香,雪化雄踞大雄宝殿
春夏秋冬就是四位高僧
他们依次行脚,走遍江南
河水因开悟而结成薄冰

蜜蜂嗡嗡嗡,围着鲜花转
仿佛坐在花蕊里的是菩萨
鲜花寺就是春天的大地
每一棵活树都站着修行

2022.11.6

飞 机

白云朵朵,像一团团棉花
没有根茎的羁绊,飘得自由
但它们并不自在,风的长鞭
不声不响,就把它们驱散

从白云的高度看,大地简直
就是一件穿了万年的百衲衣
这儿是补丁,那儿像癞头
道路的游蛇忙于翻山越岭

飞机上闭目想心事,这才叫
玄想:嗡嗡,隆隆,命真
够玄的!突然睁眼,看见
"出口":飞机安全降落地上

2022.11.9

空 无

空无一人的街道
空无一人的时候
空无一人的眼神
空无一人的感觉

空无,只有一人
空无,只剩一人
空无,只见一人
空无,只我一人

空,无非是一人
空,无非是一时
空,无非是一瞥
空,无非是一空

2022.11.21

之 前

在没有被钓上来之前
在没有被网兜住之前
在没有下锅之前,这些
鱼真的是游得自由自在

在没有被挂入炉膛之前
在没有被笼子囚禁之前
在被捉拿之前,这些
鸭子走起路来真可爱

在没有被导弹射穿之前
在没有被飞机的噪音
野蛮撕裂之前,天空
和蓝色看上去十分完整

2022.11.23

龟龄寺

龟也修行？应该是的
否则它活不了这么长久
活到龟的年龄，人才会
明白：苦行也是极乐

龟龄寺建于水面或岸边
龟食草，脊背写满符号
小和尚念经，木鱼听
不清。大和尚只念心

水波、龟纹，皆随风
而动。阳光打亮土墙
龟龄寺本身就是一只龟
佛法多深它就能活多长

2022.12.4

过 期

是从什么时候开始
每个商品上都标示了
一个日子：保质期
大米会过期，油也会

生命会过期，爱也会
保鲜纸会过期，钱
也会！钟里的时间
也会过期：走不动了

这个世上还有什么
不会过期？保质期
也会过期。凡有用物
都被保质期宣布过期

2022.12.5

悲

你让"非"这架梯子站到
"心"上：它能不"悲"吗？
悲，足以压斜一具肉身
但不会倒。倒了，心也就

碎了！悲，不是心脏所能
承受的痛、压力或分裂……
悲欣交集，弘一写下四字
繁花似的一生瞬间寂灭

心从不站在心字所站之处
不，恰在无心之时，心在——
这架梯子助人向上攀登
心气却从中空直接升天

2022.12.9

潮　水

含着白色波沫，涌向她的
足尖，她不惊慌，只后撤
一步：潮水又退了回去
她又伸出脚，跟上一步

在海边，在沙滩上，她
和潮水玩着你进我退的
游戏：这里的核心是音乐
她感应到茫茫大海的呼吸

两个孩子正挖沙坑玩儿
冲毁的城堡重复着徒劳的
喜悦：哪些是阳光哪些
是沙？海和天正连成一片

2022.12.24

盖 子

窗外有一个盖子,我
很想跳出去,把它拧开
隔开我的是一扇玻璃窗
它的脸上趴满了雨点

是的,雨刚停歇,太阳
就来到屋顶上收拾残局
这是春天,雨没下够
花朵也不是一起张嘴

浑身湿透的鹅卵石之间
也有稀疏的青草冒头
这些种子是从天而降吗?
天空的盖子谁去掀开?

2023.4.11

玫 瑰

她真的把鼻子凑到了花前——
嗅，细细地嗅！有那么一瞬
她不由得闭上眼睛，眼皮
因为太迷醉而微微有些颤抖

这是一朵怎样的花？刚刚
采自田野？她身处什么地方？
她是谁？她为何独宠这一朵？
这些都不重要！她已经醉了——

那花就像恋爱，浑身香遍
她的红帽子遮住了羞涩的脸
她重新睁开双眼，就像是
两朵花开：她是闻着花的花

2023.4

椅　子

路口有一把椅子，不知
在等什么，好像也等不来
什么，但还是等来了雪……
一个傻子坐在雪椅上傻等

戈多也曾坐在这把椅子上
好像没有一个人不像戈多
等出生等长大等幸福等……
但不幸总是比它们先到

等啊等，坐椅子上等的人
终于知道椅子也在等人
它等来了风雪雨甚至猫……
但它被牢牢钉住，跑不了

2023.6.5

木 香

全身都是花,却不叫
花香。除了花,就是叶
每一片叶子都香醉了
晕乎乎的被风顺路拐走

白的花,黄的花,香得
闻花者的眼睛也醉了
管它什么颜色呢!木香——
就是这棵树全身都香

原来那花就叫木香花
暮春才开,所以开得急
木香花的寿命只有一周
花香没了,木香长留

2023.7.9

法眼寺

在法眼眼里，那是一座寺
还是那座寺是一只法眼？
法眼看人进，捐了功德箱
三炷香举起，菩萨保佑

猫叫了一声，然后从屋檐
跳下，顺着墙根溜走了
人类的把戏它看得太多了
猫的眼当然不能叫猫眼

比喻的手法拯救不了世界
你爱怎么比喻都行因为
都不灵！法眼寺闭目养神
方丈室里走出一双鞋子

2023.7.12

脚　步

人天天用自己的脚——
剪刀一样在风中剪出
脚步：我们不会去数
除非为了丈量为了

像曹植一样写出诗来
救命的是人，获救的
是诗；而语言的脚
有自己的音步节奏……

你见过风的脚步吗
树叶不飞它就不动
风的脚步踏遍世界
它到处都是但看不见

2023.7.17

大　树

抱住一棵大树，每个人
都有难言之言要倾诉啊——
"妈妈！"有个孩子这么喊
也有人只是默默抚摸树皮

仿佛抚摸已逝去的亲人
"老天！"有人满眼是泪
抬头望向令人眩晕的树冠
爱过之后的虚空吞没了爱

一棵树活在世上，就像
囚徒：有人能理解树心吗？
抱住树，仿佛抱住自己——
每棵树都想把树脚拔出来

2023.7.19

金　鱼

水并不干净，闷闷的绿
金鱼们却游得漂亮，悠闲
一根细枝条躺在水面上——
是桥吗？金鱼顶了它一下

另有一片鱼形的枯柳叶
飞不起来，也沉不下去
只好随金鱼掀起的微波浪
无方向地飘荡，就像人生

四周无人。蝉叫了几声
又停。长安街上车轮滚滚
这时不知哪里窜出一只鸟
尖叫，吓得金鱼们四散

2023.7.27

捧着
——赠冰川兄

捧着一只鸟,用手心的
温暖:单单一只左手
这姑娘已完全醉入美梦——
梦捧着她,像捧着花

漏掉的时间鸟都看见了
它睁着眼,不着急飞
生怕惊扰了姑娘的梦——
心随梦飞,像花儿盛开

谁又捧着这完美身子呢?
谁捧着这美妙的黑色?
黑字睁开它两只眼睛
看见宇宙就是被黑捧着

2023.9.10

听雨
——赠周墙兄

谁在听？你在听？
耳朵在听？心在听？
沙沙沙，风横着
吹来，雨丝歪斜了

正过来的是人生路
好长啊，一觉醒来——
那就进山吧！让
闲嘴们说个纷纭

同一只猫一起听雨
你无事，它卧在
椅上，眼神安静
雨说着沙沙的雨声

2023.9.19

苦心丸
——赠先发兄

心不苦。苦心丸苦——
心似一丸,像蒲公英
一吹就飞,像铅球
沉往江心,决不回头

回头是岸,上不了岸
江中之水一去不回
心尖刺痛三滴眼泪
两个人苦。一人不苦

空空如也仍是一叹
李白入江捞月,王维
山中枯坐:这月光啊
只照流水,不照诗

2023.9.30